放課後の教室に、恋はつもる。

日日綴郎

ファンタジア文庫

3434

口絵・本文イラスト　雪子

目次

プロローグ　放課後の教室で

キスをした。

私の人生において、二回目のキスだった。

私たちは互いに成人していて、恋人もいない。なんの問題もないはずだが、私たちのいる場所が勤務先の高等学校であり、人気《ひとけ》のない教室というシチュエーションが背徳感を覚えさせる。

……いや、問題はないとして。そもそも交際もしていないのにキスなんて、よかったのだろうか？　それこそ倫理的にいいとは言えないのではないか？

責任を取った方がいいのだろうか。なんて考えていると、彼女は至近距離から私の顔を覗《のぞ》き込むようにして微笑《ほほえ》んだ。

「なんか思いつめた顔していますけど、責任を取らなきゃとか考えてます？　大丈夫ですよ。こっちはそのつもりでしましたから」

洗練された美しい顔で口説かれて、思わず目を背けてしまう。

これは初恋と失恋を拗《こじ》らせたまま大人になってしまった私の、およそ四千日間の物語。

そして同時に——彼女にとっても、決して甘いだけではない恋愛譚《たん》だ。

だから、今は目を瞑《つぶ》ってこの甘美な触れ合いに身を委ねる。

瞼《まぶた》を開けたら、世界が変わっているだろうから。

かけい・りお

筧莉緒

24歳、国語教師

「地味で堅物」と生徒内で有名な教師。
国語教師という仕事を、じつは深く愛しており、
授業はややオタクっぽくなりがち。
おしゃれに関心はないが素材は良い。
学生時代は周囲に馴染めず、単独行動が多かった。

character.01

第一章　地味で真面目な国語教師

気になって仕方がない。できればいいところを見せたい。気がつけば目で追ってしまう。ふとした瞬間に、思い出してしまう。

こういった感情や行動を〝恋〟と呼称するのなら、私の初恋は十六歳の春になる。

初恋の年齢が早いのか遅いほうなのか、語り合うような友達のいなかった私にはわからないし、別段興味があるわけでもない。

ただ、どうすればいいのか悩みはした。誰か相談できる人がひとりでもいたのならここまで拗らせた女にはなっていない気もするけれど、これはただの責任転嫁《てんか》であり、あくまで仮定の話である。

現実不可能な『もし～だったら』という願望を古文では反実仮想として訳するが、今現在の日本で生きている私にとっては過去も未来も関係ない。

今日も私は私として、結局伝えることのできなかったこの恋をずっと胸のなかに隠したまま、一生秘めて生きていくだけだ。

そういう覚悟をもって、何もしてあげられなかったこの気持ちに殉ずるつもりで、私は十六歳の春の日からの八年間を生きてきた。

それなのに――

「先生、好きだよ」


目の前の女生徒は私の覚悟を笑い飛ばして、今日も好意を告げてくる。

彼女の名前は、上原《うえはら》メイサ。

思考も性格も年齢も立場もすべてが違う彼女と私の共通点は、性別だけだった。


彼女の言動も気持ちも何一つ理解できない私は、いつも振り回されてばかりいる。

「上原さんの気持ちには応えられないと、何度伝えたらわかるのですか?」

「先生が受け入れてくれるまで」

私は小さく溜息《ためいき》を吐《つ》いて、楽しそうな上原さんから顔を背ける。

考えられないことばかり起こる、二年目の教師生活。

放課後の教室で、今日も私は、彼女に迫られている。

◇

普段は使われていない西校舎の第二選択教室は、毎週金曜日の放課後になると国語の勉強会を行うための特設スペースに変わる。

設定していたタイマーが、問題を配信してから三十分が経過したことを知らせた。ピピピと鳴る電子音を止めると彼女は机の上に頬杖《ほおづえ》をついて、タブレットに表示されている最後の問題を指差した。

「先生、ここ難しかった」

「はい。解説していきますね」

同じ問題を私のタブレットにも表示して教壇の上から解説しようとすると、一番近くの席に座る彼女は私をその大きな瞳で挑発的に見つめてくる。

高校生にしては大人びた雰囲気、恵まれた容姿と、派手に着崩した制服。

ここ彩川南《さいかわみなみ》高等学校がメイクや染髪、ピアスすら許された自由な校風とはいえ、上原さんは周囲に誤解を与えがちというか、生意気にも取られてしまうような風貌をしている。

本当は真面目な子だということは、こうしてちゃんと向き合って会話するような関係性を築くまでは私も知らなかった。

「えーっと……ここの敬語が話し手から上東門院《じょうとうもんいん》にかかっていることを理解していなくてはいけません。おそらく上原さんは話し手ではなく、作者からの敬語だと誤認して解いていると思うのですが……」

解説を進めながら上原さんがついてきているか様子を窺《うかが》う。どうやら問題なさそうだ。

私は授業中は雑談に応じないというルールを定めていて、真面目な彼女はそれを従順に守って真剣に話を聞いていた。

……だが、あくまで〝授業中〟に限ってだ。

「それではこれで、今日の勉強会を終わります」

「ありがとうございました。……ね、先生。今日のあたしのネイル、可愛《かわい》くない？　涼香《すずか》にやってもらったの。どう？」

授業が終われば、上原さんは途端にお喋《しゃべ》り好きな女子高生に切り替わる。

「いいと思います。ですが私はオシャレに疎《うと》いので、私の判断はあまり参考にしないほうがいいですよ」

「先生にだけいいって言ってもらえたらいいもん。だってあたし、先生が好きだから」

――それも、私みたいな地味でつまらない教師を好きだと口にする、極めて特殊で厄介な生徒として接してくるのだ。

一体全体何がどうしてそうなったのか。不思議で仕方がないのだが、上原さんはなぜか私に好意を抱いているらしい。

「……そうですか」

いつだって唐突にそして情熱的に告げられる好意に対して、未《いま》だに慣れることのない私は内心の動揺を顔に出さないように努めるのに精一杯だ。

ただ幸いなことに、私は昔から自分の感情が表に出にくいタイプではある。

「えー、なにその冷たい反応。まあ、別にいいけど」

私は教師である限り、生徒からの恋慕の入った好意は男女関係なく決して受け取らないと決めている。上原さんは私の対応がかなり不満らしく度々抗議してくるけれど、私の決意は揺らがない。

本当に、どうして私なのだろうといつも疑問に思う。

その綺麗《きれい》な顔と抜群のスタイルから、上原さんは男子生徒からかなり人気があるという噂《うわさ》は教師たちの耳にも届いてくるほどだ。それなのに、

「今日も先生のこと、好きだよ」

「会話が成立していないように思います」

彼女は今日も、私に恋をしている。

「成立しない原因は先生にあるんだからね？　あたしが好きって言うと先生が会話を終わらせるせいだから」

「唇を尖《とが》らせるのは子どもっぽいですよ」

女子高生から開けっ広げに好意を伝えられても、普通の大人だったら受け入れることはない。ましてや同性同士なら、尚更《なおさら》である。

……いや、世の中には嬉々《きき》として未成年に手を出そうとする大人も少なからずいるのだろうけれど、私には考えられない思考だとつくづく思う。

「先生は一体いつになったら、あたしの気持ちを受け入れてくれるの？」

「何度も言っているはずです。私が教師で、あなたが生徒である限りは、受け入れることはありません」

「それは先生があたしのことを好きじゃないから言えるんだよ。本当に好きなら、理性とか常識なんて考えられなくなると思うんだけどな」

「それは恋ではなく、動物の生殖本能です。人間が人間として恋愛できるのは、理性という枷《かせ》があるからなのですよ」

「先生、国語教師なのに理屈っぽくない？」

「偏見に溢《あふ》れた発言ですね」

「でも、そういうところも好き」

「あたしを見て」と言わんばかりの強い目力で、真《ま》っ直《す》ぐに私を見つめながら好意を伝えてくる上原さんの勢いに、思わずたじろいでしまう。

「……つい二ヶ月前は『人を好きになる気持ちがわからない』と言っていたのに。今となっては信じられないですね」

　異性に人気があっても、いくら告白されても、上原さんは恋愛によって心を動かされたことがなかったらしい。誰かと一緒にいたいという気持ちも、独占したいという欲も抱いたことがないと、夏の補習授業の後に私は彼女から相談を受けたのだ。

　私は恋をしたことはあっても、人の相談に乗ってあげられるような人間ではない。

　だから無責任なことは言わないように、下手に助言なんかもしないようにしていたのに……結果、彼女が恋をしたのは、なぜか私だった。恋を経験してみたいなら、彼女が望めば相手はいくらでもいそうなものなのに。

　捧《ささ》げられる初恋と常識と世間体の間で挟まれる日々は、私にとって刺激的なものなんかじゃない。いたって真面目に生きてきた私にとって、頭を抱える類の物語なのは間違いなかった。

「恋は人を変えるんだよ、先生」

「三文小説に出てくるような台詞《せりふ》ですね。私は信じたくないです」

だけど実際に人が変わったその瞬間に立ち会ってしまった私は、全部を否定することはできないとも思っている。

「先生、今週末デートしようよ。家に行ってもいい？」

恋をした女子高生の行動力と賢さには驚かされるばかりだ。

「ダメです。プライベートで生徒に会うことは禁止されています」

「そんなのバレなきゃいいのに。真面目だなあ。……だったら」

上原さんはニヤリと笑って、上目遣いをしてみせた。

「先生、勉強教えて♡」

「……学校の中でだったら、いいですよ。いつもの勉強会とは別にですか？」

私が教師である以上「勉強を教えてほしい」と言われてしまっては断れないことを、上原さんは知っている。いつもは「生徒だから」と断られる理由すら利用するのだから、感心してしまう。

火曜日の放課後に勉強をみる約束をしてから、上原さんは不満そうに息を吐いた。

「先生との接点が少ないから、会うための口実ばっかり探しちゃう」

「言語文化の授業を担当しているのですから、十分なのでは？」

「そんなの、五十分×週三でしょ？　足りないよ。担任になってほしー」

教師になって二年目の私は、まだクラス担任を経験したことがない。

責任感だったりリーダーシップだったり私に足りていないものは多すぎると思うけれど、担任になってほしいと言われたことはうれしかった。

「ありがとうございます。でも上原さんは来年は三年生ですし、若輩者である私が担任になることはなさそうですね」

「えー、そうなの？　あーあ、せめて私があと一、二年若かったらなあ……あ、ごめん。やっぱ今のなし！」

上原さんは慌てて自身の言葉を取り消した。

「前まではあたしと先生の歳《とし》の差を気にしたこともあったんだけど、今は差があってもなくても気にしないって決めたんだった。先生が前に言ってくれたこと、うれしかったし」

「え？　私が何を言いましたっけ？」

「覚えてない？　あのね……」

心の中にある大切な宝箱を取り出すかのように、上原さんはそっと噛《か》みしめるように言葉にした。

「同級生だったらよかったのにって言ったあたしにね、『私は上原さんとは今の関係でよかったと思ってるんです』って。『教師だからこそ、上原《うえはら》さんのことをたくさん知ることができましたから』って」

……思い出した。確かに私は、以前に上原さんに対してそんなことを話した気がする。

上原さんと私の歳の差は、七つ。

触れてきた文化も価値観も異なる大きい隔たりだと思っているが、たとえば同い年で出会ったとしても私は彼女とここまで親しくはならなかっただろうし、彼女もまた、私に心を開いてはくれなかったと思う。

だけど私の中では日常会話の一つでしかなかったそれが、彼女にとっては心に残しておきたいくらいの言葉になっていたなんて思ってもみなかった。

「そうでしたね。上原さんが歳の差を気にしていたことに驚いたものです」

上原さんは歳の差も性別も立場もまるで無視をして、いつだってストレートに私に好意を告げてくるから。

「先生、あたしのことなんだと思ってるの？　そりゃ、初めての恋なんだしいろいろ悩むでしょ。意外と繊細なところもあるんだからね」

「すみません、失礼な発言でしたね」

頬を膨らませる上原さんに、素直に謝罪する。

高校生は誰もが繊細であるという前提で接しなさいとは〝緋沙子《ひさこ》先生〟にもよく言われてきたことだ。教師というのは、やりがいはあるけれど本当に難しい仕事であると実感させられる。

「知ってる？　あたしはいつだって先生の言葉に振り回されてるんだからね？」

「……すみません」

「だからね、先生。こうやってあたしに迫られて苦労しているのも、自業自得《じごうじとく》だから♡」

そう言ってニヤリと笑った彼女の顔は、年相応に子どもっぽいものだった。

「……自業自得という表現だと、私が悪いことをしたみたいですね」

「え？　じゃあ、先生はいいことだって思ってるんだ？」

「違います。ただ、上原さんの好意を悪いことだとは思いたくないんです」

「なんか、同じ言葉なのにニュアンスが全然違ってくるね」

「日本語……いえ、国語は面白いですよ。上原さんにももっと興味を抱いてもらえたら、うれしいですね」

国語教師としては、生徒たちが日本語や古文、漢文等《など》の分野に興味関心を持って勉強したいと思ってくれるなら、それが一番の望みである。

私の返答があまりお気に召すものではなかったのか、上原さんは不満そうに小さな溜息《ためいき》を吐《つ》いた。

◇

毎週金曜日の決まった時間に『勉強会』を催しているのには、理由がある。

少し前まで、上原さんはアルバイトや友人と遊びに行く予定がない日は大抵私のところに「勉強教えて♡」と言いながらやってくる生徒だった。

そう言われてしまったら教師として断る理由はないし、私の方にやましい気持ちなどないのだけれど、赤点後の補習でもないのにひとりの生徒にマンツーマンで勉強を教えている状況を贔屓《ひいき》だと思う生徒や、私たちの関係を訝《いぶか》しがる教師も出てきてしまうのではと上原さんは懸念《けねん》しはじめた。

だから彼女はあらぬ疑いで私の教師としての立場が危うくならないようにするために、『毎週金曜日に西校舎の第二選択教室で、筧《かけい》先生が国語の勉強会をやる』という宣伝及び周知を学校中に広めたのだ。

ただ、そういう企画を試みたところで、参加する生徒がいるかどうかは別の問題で。

「今日も勉強会に参加する生徒は、上原さんだけですか」

理論上は先着三十二人が参加できるはずの勉強会なのだが、教室には教壇の一番近くの席を陣取っている上原さん以外の生徒の姿は見られなかった。

各々《おのおの》が自分たちで持参した問題集を解いて、わからないところを聞かれれば教えるスタンスの勉強会だ。学年も文理クラスも関係なく参加できるのが魅力的（上原さん談）のはずなのだが、勉強会を開始してから一ヶ月、四回目の開催になっても盛況する気配は微塵《みじん》も見られなかった。

「ちゃんと宣伝はしてるんだけどねー。ほら、皆強制参加の補習があったり塾に通ってたりするから、自主参加型の勉強会は避けちゃうのかも」

彩川南《さいかわみなみ》高等学校は偏差値的には六十前後の普通高校である。一流大学への進学率を外部に自慢できるほどの進学校とは言えないものの、学校側としては現役進学率を上げたいらしく、近年は様々な取り組みを試みている。

だが、そこまでレベルの高い大学を狙わずに安全圏だけ受験するとか、総合型選抜で行きたい大学よりも入れそうな学校を選ぶとか、生徒たちの意識としてはまだ甘さが残っているように思う。

とはいえ、上原さんのような人気のある人物が声をかけたら、やる気がなくても一度くらいは勉強会に参加しようと考える生徒がいてもおかしくはない。

それなのに集まらないということは、偏《ひとえ》に私に魅力がないからだろう。

生徒たちから陰で『地味で真面目で融通が利《き》かないつまらない教師』と呼ばれていることを私は知っている。他の先生が勉強会を開いたのであれば、たくさんの生徒が来るのかもしれない。

「一年生はともかく、二、三年生には来てほしいのですが……」

大人になると、人に教わって勉強するという行為自体にお金を払わないといけなくなる。生徒たちには学力向上のために私を利用してほしいのだが、上原さんの努力に応えられていないことを申し訳なく思う。

「しゅんとしないで？　あたししか生徒が集まんなくても、これがフツーだから！」

人の気持ちを察することが苦手な私でさえ、上原さんの普段よりワントーン明るい声音に、彼女は私へのフォローをしようとしているらしいと気づいた。

「別に私は人気がなくても気にしていませんよ。マンツーマンのほうが、上原さんへの指導がしやすくなりますし」

「大丈夫、先生はあたしにはモテモテだからね♡」

「いや、ですから落ち込んでないですって」

「でも、ごめん。一個白状させて。先生、なんであたしが勉強会の曜日は金曜日がいいって我儘《わがまま》言ったと思う？」

「……上原さんが空いている曜日だからですか？」

「先生は考えが浅いねえ。そんなんで名探偵になれるのかね？」

上原さんはありもしない顎鬚《あごひげ》をなぞる仕草をしている。何が言いたいのだろうか？

「意味がわかりませんが……理由はなんだったのですか？」

「理由は単純で、金曜日って予定がある子が多いからだよ」

「……なるほど、上原さんは、勉強会に来る生徒を減らしたかったのですね？」

「正解♡　学校側には先生のやっていることをアピールしたくて一応周知はしたけど、できればふたりっきりがいいもん」

この子の頭の良さや熱意を、もっと勉強の方に向けられないだろうか。

「それに、勉強会のあと先生とごはんとか行けないかなって期待もしてる」

「なるほど、計算高いですね」

「賢いって言ってほしいな」

「少しズルい気もしますが」

「したたかな生徒って嫌いじゃないでしょ？」

確かに、そうなのだけど。上原さんの挑発にも見える微笑を見ると、私はどうしても心の中の〝それ〟を刺激されるため、下手なことは言わないように口を噤《つぐ》むしかなくなる。

「……では、勉強会をはじめましょうか」

「はーい」

上原さんが鞄《かばん》からタブレットを取り出した、そのとき。

「メイサいたー！　やっぱりここだった！」

ふたりきりの静かな教室に差し込まれた、甲高い声。

驚いて声のした扉の方を振り向くと、上原さんの友人の佐々木涼香《ささきすずか》さんが立っていた。

「涼香？　え、なに？　急用？」

ニコッと笑って私に一礼した佐々木さんは、教室に入ってきた。

「筧先生とのふたりっきりの時間を邪魔しちゃってごめんメイサ！　これ、さっきの選択授業のとき借りた電子辞書。今日中に返さないとメイサが困ると思って」

「あー、忘れてたわ。ありがと」

佐々木さんのことは上原さんの口からよく話を聞くから、私は一方的に彼女をよく知っている。

不破颯真《ふわそうま》くんという教師からの覚えもいい優秀な男子生徒と長く交際を続けていて、友人とは広く浅くのスタンスを取る上原さんが唯一、心から信頼してすべてを話すことができる親友とのことだ。

上原さんと同じようにこの学校内では派手な容姿で目立つグループにいる佐々木さんだが、性格は上原さんとは似ていないらしい。

明るくて思ったことをすぐに口に出すタイプのムードメーカーであるが、時にはトラブルを持ち込んでくると上原さんは言っている。

いつだって好奇心旺盛な印象を与える佐々木さんの瞳に、じっと見つめられた。

「ね、筧先生って神奈川出身なんでしょ？　神奈川の人って出身地聞くと『横浜』って答えるのってほんと？」

どうやら、佐々木さんもまた上原さんを通じて私のことをよく知っているようだ。……どこまで話しているのかは気になるところだが。

「人による、としか答えようがないですね」

「ブナンな解答だ！　やっぱせんせい、大人なんだね！　すごーい！」

佐々木さんの感心ポイントが全くわからず苦笑していると、上原さんが面白くなさそうな顔をしていた。

「ちょっと涼香。ふたりが仲良くなるのはあたしもうれしいけどさ、先生とイチャイチャしないでよ」

「これでイチャイチャ判定食《く》らうの？　厳しすぎない？　ウケんだけど」

上原《うえはら》さんは私への想《おも》いを佐々木さんにも話している、と言っていた。

同性に恋心を抱くのは、今の世の中ではまだマイノリティーに属される方だと思う。だから私は、どうしたって大多数側からの視線が気になってしまう。

ゆえに私は、自分の秘密《こい》を誰かに話したことはない。ずっと、胸の中に必死に押し隠してきた。

だけど今の時代の風潮なのか、上原さんたちの年代は意識が違うのか、あるいは彼女たちがたまたまオープンな子たちなのかはわからないけれど、上原さんが佐々木さんに私への恋心を話しているということは、私には考えられない行動だった。

「っていうか、メイサって好きな人の前だとそんな感じになるんだね。今までの彼氏の前と全然違う！　かわいい～！」

「『かわいい～』じゃないでしょ。あたしが不破の前で涼香の元カレの話をしたら、どう思う？」

「……『なに余計なこと言ってんだ』って、思う。ごめん」

思ったことをすぐ口に出してしまうとは、こういうことか。

私は上原さんに彼氏がいたことは知っていたし、むしろいないほうがおかしいと思っていたから気にしなかったけれど、上原さんも佐々木さんも目に見えて暗くなってしまった。

「あ、えっと……に、二年生は来週から修学旅行ですね。いいですよね、北海道。おふたりとも、準備は済ませましたか？」

ここは大人として、教師として、仲を取り持たなくてはと思って慣れないフォローに入った私の棒読み具合に気づいたのだろうか。

ふたりは顔を見合わせて、ふっと笑った。

「ごめんね先生。涼香のデリカシーのなさはいつものことだから。元カレがいたとしても、あたしが初めて好きになったのは先生だけだからね」

「メイサが寛《かけい》先生を好きな気持ちは本当だし、この子超イイ子だからね！　嫌ったりイラついたりするのはわたしだけにしておいて！」

「……そっちはあまり気にしていませんよ。おふたりが仲直りしたみたいでよかったです」

友人の前で恥ずかし気もなく好きって言葉を言えるのは、上原さんの特徴？　それとも、今時の若い子ってみんなこんな感じなのだろうか？

「ねーメイサ、北海道って信じられないくらい寒いっていうし新しい服買いに行こうよ。あったかくてかわいいやつ！」

「いいね、行きたい。でも別に今話すことじゃなくない？　あとで連絡するからそろそろ出てったら？」

「わかってないなあ～メイサ。これはさっきのお詫《わ》びを兼ねた、親友のスーパーアシストなんだから！」

さっき叱られたばかりだというのに、佐々木さんは上原さんの「出てって」を聞かなかったフリをして私を見た。

「ね、寛先生はメイサに三日も会えないのって、寂しくない？」

「寂しくはないですね。二年生が不在だと校内が静かになるとは思いますが」

「ちょっと寛先生、そこはウソでも『寂しいですよ』って言うのが大人としての社交辞令ってやつじゃないの～!?」

慌てる佐々木さんの様子を見ながら、上原さんは笑っていた。

「ダメダメ、先生にそういうのは全然通用しないから」

「だってさ、いつもメイサが追いかける姿ばかり見てるから、つい……寛先生の口からメイサが喜びそうな言葉を言ってほしかったんだもん」

「うれしいけど余計なお世話だって。あたしはあたしで頑張るから、大丈夫」

……だから、どうして私が目の前にいるのにそんな話ができるのだろう。

気まずさからいたたまれない気持ちになった私は、ふたりから目を逸《そ》らした。

「というわけで筧先生、わたしは帰るね！　メイサのことよろしくね！」

「よろしくと言われましても……あ、佐々木さんもこのまま勉強会に参加してみてはいかがでしょうか？」

「メイサの邪魔はしたくないっていうのが建前で、これから颯真くんとデートだから無理っていうのが本音です！　それじゃ、失礼しました〜！」

嵐のように去っていった佐々木さんの勢いにあっけにとられていると、

「涼香ってほんとに、裏表のない性格してるでしょ？」

上原さんはそう言って、今日一番の笑顔を見せた。

◇

一週間後、二年生は二泊三日の修学旅行へ旅立って行った。

引率もしない私は他人事《ひとごと》だったけれど、上原さんの顔を見ない放課後は驚くほど静かであり、若干の寂しさを覚えてしまったことは否定できない。

修学旅行二日目の夜、北海道にいる上原さんからメッセージが届いた。

『北海道やばい。楽しい。先生にも来てほしかったな』

『無理ですよ。学校行事ですから』

『じゃあ、今度ふたりで旅行とか行かない？』

『行きません』

我ながら素っ気ないメッセージだとは思うけれど、教師と生徒がふたりで旅行に行くだなんてたとえ同性であっても考えられないことだ。

『上原さんが卒業したら、』

ここまで文字を打って、手を止めた。

そして少しだけ逡巡《しゅんじゅん》してから全消去して、なかったことにした。

何を血迷っているのやら。二年生の不在で授業編成にも変更があったし、通常の感覚が少し麻痺《まひ》しているのかもしれない。

今夜は天気がいいから、窓の外を見ると星がよく見える。

北海道の天気はどうだろうか。埼玉よりもずっと綺麗《きれい》に見えるであろう星空を、上原さんも見上げていたりするのだろうか。

一度しかない高校での修学旅行を目一杯楽しんでほしい。そして、旅行の話を楽しそうに話してほしいと思った。

上原さんは明日、帰ってくる。私は早めに就寝の支度をすることにした。

◇

二年生が修学旅行から戻ってくるのは、今日の十八時過ぎになるらしい。

誰も来ない第二選択教室で、私はひとり小テストの採点をしながら溜息《ためいき》を吐《つ》いた。

今日は金曜日なので毎週恒例の勉強会の準備をして待っていたものの、上原さんが来られないということは参加する生徒はいないということだ。

勉強会の設定時間は十七時半までだ。それまでは教室にいようと考えていると、グラウンドが突然騒がしくなった。

『先生、まだ学校にいる？　バスが早めに学校に着いたから会いたいな』

上原さんからのメッセージだった。二年生が予定より早く学校に帰還したらしい。

窓から外の様子を確認する。たくさんの生徒たちの中から上原さんの姿を捜している自分に気がつき、逃げるように窓に背を向けた。

『第二選択教室にいます。待っています』

そっと返信を済ませ、なんでもないフリをして再び採点に戻る。

私の心が少しだけ弾んでいるのはきっと、誰も来ない勉強会に寂しさと虚《むな》しさを覚えていたときに連絡が来たからなのだろう。

しばらくして、一つの足音が近づいてきた。

「ただいま先生！　あたしに会えなくて寂しかった？」

上原さんが教室に一歩足を踏み入れただけで、おそらく彼女の華やかな雰囲気がそうさせるのだろうけれど、なんだか空気が変わった気がするのが不思議だった。

「おかえりなさい。たった三日、顔を見なかっただけじゃないですか」

「先生はわかってないなあ。好きな人と会えない時間っていうのはね、一日でも一時間でも寂しいものなの」

少し前まで恋を知らないと言っていた彼女は、上から目線で恋を語る。

嫌な気持ちにはならないけれど、直接的なアピールゆえになんて返せばいいのかわからなかった。

口には出さないものの、好きな人に会えない寂しさは私にもわかる。

私の場合、数ヶ月会えないときもあったから、尚更《なおさら》に。

「はいこれ、先生にお土産ね」

「あ……わざわざありがとうございます。中を見てもいいですか？」

「いいよ。完全にあたしのセンスで選んだけど、文句は受け付けないから」

そう言って白い歯を見せる上原さんは、何を買ってきてくれたのだろう。袋から四角い箱を取り出す。熊カレーだった。

「食べたことないですね……うれしいです。大事にいただきますね」

お土産を買うときは必ず、あげる人のことを考える必要がある。

ゆえに、友達のいなかった私はお土産を貰《もら》うという経験がほとんどなかった。

今こんなに心の中が温かくなっているのは、熊カレーを貰ったという事実よりも、上原《うえはら》さんが私のことを考えてお土産を選んでくれたことがうれしかったからだ。

「あたしにもっとお金があったらカニとかウニをたくさん買いたかったー。凄《すご》いの！　海産物が美味《おい》しすぎてビックリした！　回転寿司《ずし》ですらこっちのと全然違ってさ！　衝撃的すぎてウチのグループ自由時間は飲食店しか行ってないし」

いつもより饒舌《じょうぜつ》に喋《しゃべ》る上原さんに、思わず目尻が下がる。はしゃいでいる姿が子どもっぽくて可愛《かわい》らしいと思った。

「上原さん、修学旅行は楽しかったですか？」

「うん！　超楽しかった！　北海道ってあたし初めてだったんだけど、ごはん美味しいし雰囲気もいいし、めっちゃいいところだね！　季節がよかったのかもしんないけど！」

再び火が点《つ》いたように北海道の魅力を語る上原さんの話をラジオを聴くように耳に入れながら、私は誰も来なかった今日の勉強会の片付けをしはじめた。ノートパソコンをシャットダウンして、筆記用具を鞄《かばん》にしまう。

「涼香《すずか》も北海道が気に入ったみたいでね、北海道の大学に進学しようかなって言ってるんだよねー」

思わず、手を止めた。

「そうなのですか？　元々、佐々木《ささき》さんの進路希望って……」

「都内の私立文系ならどこでもいいって感じだったよ。一週間前まではね」

「そうですか……」

進学先が北海道となると、ご両親の許可は得られるのだろうか。向こうの大学についての情報はこの学校で過不足なく提供できるのだろうか。

私は佐々木さんの担任でも進路指導の教員でもないが、教師としては懸念《けねん》ばかりが先にきてしまう。

「修学旅行でハイテンションになった勢いだけで言ってるならいいんだけどさ。涼香って一度決めたら一直線なトコあるからなー。ほんとに行っちゃう気もするんだよね」

「上原さんは、佐々木さんが北海道の大学に進学することをどう思っているのですか？」

「そんなの寂しいに決まってる。でも、涼香に言ったところであの子が意見を曲げることはないから。悪い男に引っかかってるとかなら全力で止めるけど、進路に関してはあたしもとやかく言うつもりないしね」

上原さんは友達は多いけれど、本当に心を許している親友と呼べる存在は佐々木さんしかいないらしい。そんな大切な親友が気軽に会えない距離に行ってしまうなんて、どれだけ寂しいことだろう。

「ちなみに、上原さんはもう進路は決めているのですか？」

ここ数年の卒業生徒の進路先を見るに、圧倒的に大学、短大、専門学校へ進学する生徒が多い。

だから漠然と、上原さんも進学するものだと考えていた。

上原さんと親しくなるきっかけの一学期末テスト後の補習は彼女にとってはイレギュラーな出来事であって、彼女は平均点以下を取ったことはなかったし、総合順位も決して悪いほうではなかったからだ。

「とりあえず就職するつもり。職種は全然決めてないけどね」

だから、上原さんの口から就職と聞いて驚いてしまった。

おそらく学校側としても現役進学率を上げたいだろうから、彼女の担任である矢部《やべ》先生は反対しているはずだが……。

「……進学は選択肢にないのですか？」

「進学はいいかな。特にやりたいこととか、夢もないし」

「やりたいことを見つけるために進学するという考えもありますよ」

学校の進学率を上げるために貢献したいのではない。「就職」と口にしたときに、いつも真《ま》っ直《す》ぐに私を見つめて話す上原さんが目を逸《そ》らしたことが引っかかったのだ。

担任クラスの生徒ではないとしても、教師としては生徒が本当に望む進路を選んでほしいという気持ちがあるのは当然だ。

上原さんは明らかな作り笑いを浮かべた。

「でも、ママがさ。やりたいこともないのに大学に行くのは意味がない、それだったらすぐに働いて家にお金を入れるべきだって言うから。親に反対されちゃったらどうしようもなくない？」

なるほど、そういうことか。自分が成人しているとそういう感覚がすっかり薄れてしまってよくない。高校生にとって、お金を出してくれる存在はいつだって保護者なのだ。

「上原さんは本当にそれでいいのですか？」

「今日の先生は積極的だね。なんだか照れちゃうな」

「茶化さないでください。私は教師なので、こういうときのために存在しているのです」

真面目に見つめる。上原さんも私を見ている。

「私はいつだって、上原さんの味方です」

上原さんは、たどたどしく口を開いた。

「………大学って面白そうだなとは、思う」

風が吹けば消えてしまうようなか細さで、絞り出すように口にした言葉。

願望を隠すように告げられたその呟《つぶや》きこそが、彼女の心の声だと推測する。

「それは、できれば行ってみたい、と言い換えても問題ないですか？」

「……うん、そうかも。ま、まあ、無理なんだけどね」

そう言って笑う上原さんの顔を見て、推測は確信に近づいていく。

「十分にわかりました。就職するという選択は、上原さん自身の意思によるものではないということですね」

「ん？　……あー、うん。そうだね？」

私は人の心を読み取ることに自信がない。だから言質《げんち》を取るために確認したのだが、上原さんがちゃんと声に出して言ってくれてよかった。教師として、少しは信頼されている証左に浮かれそうになる。

「では、上原さんのお母様がご在宅の日を教えてください。家庭訪問をします」

「え⁉　な、なんで⁉」

「なんでって……上原さんの進路について話をしに行くのですが？」

当たり前のことを提案しているだけなのに、上原さんはなぜか狼狽《ろうばい》していた。

「いやいやいや、なんでよ……だって先生、別にあたしの担任じゃないじゃん！」

「担任ではありませんが、教師ですから。生徒の進路について意見を言うくらいの権利はあると思います」

担任じゃないくせに生徒の家庭の事情に口を出すのはよくない、なんて思わない。大きなお世話だと言われたとしても、悪いことをしているわけではないと信じている。

上原さんは躊躇《ためら》っていたけれど、しばしの押し問答を経て、ようやく折れてくれるまでに至った。

「……わかった。一応、ママに予定を聞いておくね」

「はい。私も矢部先生に事情を話しておきますね」

矢部先生に「出しゃばらないでほしい」とでも言われたら、そのときは矢部先生自身に行ってもらうか私が同行すればいい話だ。

大学受験を考えていなかったのであれば、上原さんは今まで受験勉強を一切やっていないはずだ。間に合わせるためには家庭訪問もできれば早いほうがいいけれど……なんて考えていたら、上原さんがじっと私を見ていることに気づくのに遅れてしまった。

「なんでしょう？」

「別に？　先生のこと好きだなーって再確認しただけ」

「そうですか」

突拍子もない発言に首を捻《ひね》る。

もしかしたら彼女は、家庭訪問されることに緊張しているのかもしれないと思った。

◇

上原さんからの事前情報をまとめてみる。

上原さんは母子家庭で育っており、父親の顔も知らないそうだ。お母様は現在大宮でスナックバーを経営していて、夜は家にいないことが多いとのことだ。

お母様は上原さんからしたら祖母にあたる方に「学歴はあなた自身を守る」と言われ続けて小さい頃から勉強漬けだったそうだが、厳しい教育の反動もあって、大学二年生のときに上原さんを妊娠して中退したらしい。

「私は大学を中退してからの方が充実した人生を送っているし、お金だってちゃんと稼いでいる。大学に行くのってそんなに意味もないのよ」

お母様は上原さんが中学生の頃から、そういう考えを押しつけているということだ。

今日はいよいよ上原さんのご自宅に伺って、お母様と進路の話をする日である。

一番近い有料駐車場に車を停《と》め、家までの道を私と上原さんは肩を並べて歩いていた。

「あー、なんか緊張する」

顔を強張《こわば》らせながら、上原さんは胸を押さえていた。

「主に話すのは私なのですから、そんなに緊張する必要はないと思うのですが」

「……先生、ウチのママって結構強いんだよ。先生の話を聞いてくれるかなー……娘のあたしから言うのもなんだけど、マジで面倒くさいから」

何度も不安そうにネガティブな発言を繰り返すのは私を怖がらせようとしているわけではなく、私が受けるであろうショックを考慮し、心の準備をしてもらおうとする彼女の優しさなのだろう。

「あ、全然大丈夫です。相手がどんな感じでも私は仕事をするだけなので」

だけど別段私は緊張していない。やれることをやるだけなのだから。

「どんなときでも先生は先生だね。ちょっと安心したかも」

勇気づけるために言ったつもりではなかったけれど、上原さんの表情は緩んでいた。

「先生が進路を決めるときはどうだったの？　高校教師になるって決めたとき、ご両親はやっぱ喜んでた感じ？」

「いえ、反対されました。両親はもっと高収入が期待できる一般企業か、士業に就くことを望んでいましたね」

「え、そうなの⁉　教師って公務員だし、喜ばれるものだと思ってた……」

「その辺の価値観は人それぞれでしょう。私の親はいつだって高望みしますから」

私が幼い頃からずっと、私の能力ややりたいことよりも、自分たちの理想を要求してくる人たちだ。窮屈さゆえに家を出る理由の一つにもなったが、上原《うえはら》さんをはじめご両親の理不尽さによって生徒が進路に悩んだり迷ったりしたときに、できるだけ助けてあげたいという気持ちは強く持つようになった。

「先生、着いたよ」

話をしながら歩いていたら、あっという間にご自宅の前まで着いていた。

以前に上原さんを家まで送ったときにも思ったが、かつては祖父母が住んでいたという築古の一軒家は、彼女のイメージとは少し合わない。

「じゃあ、開けるからね……ただいまー。ママ、先生来たよ」

玄関のドアを開けて上原さんが声をかけると、パタパタと足音が近づいてきた。

「おかえりメイサ。先生、よくお越しくださいました」

背筋を伸ばす私を玄関先まで迎えに出てきてくれたその女性の若さと美しさに、思わず目を奪われた。

年齢を感じさせない艶《つや》やかな栗色《くりいろ》の長髪、華奢《きゃしゃ》で色白で一見儚《はかな》げにも見えるのに、真っ直ぐ伸びた背筋と凛《りん》とした声色から自立した女性にも見える。

「初めまして。彩川南《さいかわみなみ》高校で教師をしております、筧莉緒《かけいりお》と申します」

いくら見惚《みと》れたとしても驚いたとしても、社会人として挨拶はしっかりしなければならない。特に今日は、この人から信頼されるかどうかで成否が大きく左右されるのだから。

「メイサの母です。さあ先生、どうぞお入りください」

上原さんの人目を惹《ひ》く容姿は間違いなく母親からの遺伝だろう。

恋愛体質だというお母様の隣にいる男性は定期的に変わっていて、途切れることはないと口にしていた上原さんの言葉に説得力が生まれた。

後ろ姿まで洗練された美に圧倒されながら、居間に通された。大きな木製のテーブルがあって、座布団《ざぶとん》の上に正座する。お母様がお茶を出してくれたので座礼して頂戴した。

対面にお母様、斜め前に上原さんが座った。

「改めまして、お母様、本日はお忙しいところお時間をくださいまして、ありがとうございます」

「いえ、こちらこそ先生にはお手数をおかけしてしまって、申し訳ないです。……それにしても、筧先生はお若いのにずいぶんと佇《たたず》まいがしっかりしていらっしゃいますね。メイサにも見習ってほしいものです」

お母様の言葉は丁寧ではあるものの、その視線は私を上から下まで観察しているような、言葉は悪いが不躾《ぶしつけ》なものだった。娘が大切な気持ちゆえの視線なのだろうけれど。

「恐縮です。メイサさんは十分にしっかりしていらっしゃいますよ。服装や言葉遣いに指導が入ることもありますが、芯があって、自分の意思を持っていて、十七歳とは思えない言動に驚かされることもあります」

お母様の前だから大袈裟《おおげさ》に褒めているのではない。本心をそのまま伝えると、

「ありがとうございます。あの……メイサから聞いたんですけど、筧先生は担任の先生ではないんですよね？　メイサとはどういう関係で、家庭訪問を？」

お母様は美しい微笑を湛《たた》えて、単刀直入に切り出してきた。

「私はメイサさんの言語文化の授業を担当しております。メイサさんはとても熱心に勉強に取り組んでいて、私は週に一度金曜日に希望者を募って自主参加型の勉強会を開催しているのですが、メイサさんは毎週欠かさず参加しています。意欲的で覚えもいいので、成績も右肩上がりなんですよ」

上原さんが勉強会に参加するのにたとえ不純な動機があるにせよ、国語の成績がぐんと伸びているのは彼女の努力による功績だ。

「よりによって古典と漢文ですか……将来一番役に立たない教科ですよね」

だが上原さんの成績を褒めることもなく、お母様はそう言い切った。

最初から、私の心を折って下手に上原さんに干渉しないように仕向ける作戦だったのだろう。今まで猫を被《かぶ》っていたらしいお母様は急に、切れ味の鋭いナイフを向けるかのごとく私への敵意を剝《む》き出しにしてきた。

その態度に、その言葉に、一瞬だけ反論の言葉が出そうになった。

国語教師の前で「古典と漢文は役に立たない」なんて、よく言えたものだ。失礼な人だと思ったが、ここは腹を立てるべきところではないと堪えた。

それよりも、上原さんの努力を認めてもらえないことの方が問題だ。彼女がどれだけ頑張っているのか伝えようと口を開こうとすると、

「ママ、今のは先生に失礼じゃん。謝ってよ」

上原さんが明らかに声に怒気を含んで、お母様に反論していた。

——私の代わりに、怒ってくれるのか。

そう思ったら、心がすっと落ち着いてきた。

目的を違《たが》えてはならない。優しい彼女のために、できることをやらなければ。

「ごめんなさいね、先生。本当に個人的な私情なんですけど、私は人にものを教える立場の人間が好きではないんです。だから少し攻撃的になってしまうかもしれません」

お母様は上原さんの言葉を無視して、笑顔でさらりと、とても怖いことを口にした。

だけど同時に、失礼かもしれないけれど、とても子どもっぽいとも思った。

「いえ、お子様を大切に想《おも》う親御さんであれば、信用のできない人間に対して攻撃的になるのは当然かと思います。……担任ではない私が今日、お母様とお話をさせていただく機会を与えていただけたことに、改めてお礼を申し上げます」

もう一度頭を下げてから、再度お母様の顔を見る。

「私がこのような機会を設けていただくことをお願いしたのは、メイサさんの進路についてお話ししたいから以外に理由はありません。お母様はメイサさんが大学に興味をお持ちでいらっしゃることを、ご存じでしょうか？」

お母様の視線が、私から上原さんに移った。

「……メイサ、大学に行きたいの？　ママ、一度もそんな話聞いたことないけど」

「……うん。あ、あのさ……ママって、あたしが中学生のときからずっと、『大学は意味がない』とか、『大学に行かせてあげられるお金はないから』って……言ってたでしょ？」

「だから？」

「あの、だ、だから……ほんとはちょっと興味があったんだけど、その……言えなかっただけ、っていうか……」

上原さんの声色にいつもの凜とした雰囲気はない。この美しい母親にとっての地雷が、進学の話らしい。

上原さんは空気を読むのが上手だ。だからこそ、地雷だとわかっていて自ら踏みに行くことは怖くて仕方がないだろうと思う。

「メイサさん本人が言えなかっただけでご本人はずっと大学で学びたいという気持ちを持っていたようですし、本校は生徒たちの進学を全力でサポートする環境が整っています。ただ、私たち学校側の人間がどれだけ応援してあげたくても、高校生がやりたい道を選ぶためには保護者の理解と協力が必要です。ここまでメイサさんを大切に育ててあげられてきたお母様のご了承をいただきたいのです」

説明をしている間、お母様は私の顔をじっと見つめていた。少しの失言も許さないと言わんばかりの視線だった。

「……メイサ、将来の夢は決まっているの？　やりたいことはあるの？　大学で何か学びたいことはあるの？」

「それは……まだ、ないけど」

お母様はこれ見よがしに肩をすくめてみせた。

「先生、やりたいこともないっていう子が進学する意味ってあります？」

「まだやりたいことが見つけられていないからこそ、進学を選択肢に入れてあげてほしいのです」

「裕福な家庭で育った人の考えですね」

お母様は溜息《ためいき》を吐《つ》いた。

「……失礼ですが先生、学歴は？」

「横浜国立大学を卒業しています」

「まあ、有名大学のご出身なのですね。幼い頃からご両親にしっかりとした教育を受けさせてもらってきたのでしょう？」

「そうですね。小学校から高校を卒業するまでは学習塾に通っていましたし、中高一貫の私立校でしたし、学ぶ機会は多く与えられていたかと思います」

聞かれたことに対して答えているだけなのに、お母様はひとりで何かを納得したかのように笑って頷《うなず》いていた。

「……ママ？　ど、どうして先生に、そんな質問……？」

「ん？　先生と私たちでは、生きている世界が違うということを確認していただけ。この間お客さんに教えてもらったの。今の子って『親ガチャ』って言葉を使うんでしょ？　あのね、ウチにはメイサを進学させてあげられる余裕なんて、全然ないの。メイサだってよくわかっているはずでしょ？」

有無を言わさない勢いで話しかけられて言葉を呑《の》み込んでいる上原さんの代わりに、私が声を上げる。

「事情により進学が難しいとされるご家庭は『授業料等減免』といって、入学金及び授業料の支援が受けられます。『給付型奨学金』という、卒業後の返還が不要である奨学金制度もあります。もちろん、メイサさん自身の評定平均値がある程度以上は必要になりますが」

「奨学金ですよね？　それくらい知ってます。でもそれって、借金でしょう？」

「給付型はその名の通り、返金は要求されていません。……ただ、給付型奨学金は受給のための選考が厳しいのは確かです。およそ十人に一人しか受からない狭き門なので、現実的には貸与型奨学金を借りることを視野に入れたほうがいいでしょう。こちらは、仰《おっしゃ》る通り卒業後の返済が必要な奨学金ではありますが、これらの制度を利用してみるのはいかがでしょうか」

お母様の私を見る目が、私が小さい頃からよく向けられていたものになっている。『空気を読めよ』という白い目である。

「せっかく来てくださったのに、ごめんなさいね先生。ウチは先生のご家庭と違って裕福じゃないんですよお。ダラダラと四年間遊ばせるなんて考えられないです。それに、メイサ？　あんたが本当に大学で学びたいという気持ちがあるのなら、自分でお金を借りて自分で返すくらいの覚悟を見せたらどうなの？　全く、いつまでたっても親を頼ろうとする子どもなんだから」

お母様は上原《うえはら》さんに向けていた視線を私に戻して、頭を下げた。

「そろそろ仕事へ行く準備をしなければならないので、どうかお引き取りを」

強制的に話を切り上げられてしまった。いち教師が介入できるのは、おそらくここまでなのだろう。

子どもを育ててきたのもこれから育てていくのも、金銭的な負担を担《にな》うのも基本的には親の役割だ。上原さんが未成年である以上、原則として代わりはいない。

私はもう一度背筋を伸ばした。

だからこそ、大人《ははおや》に伝えたいことがあるからだ。

「メイサさんにすぐに大人になることを強要しないでください。メイサさんはまだ子どもなのですから」

帰る気配を見せるどころかまだ反論をしようとする私に、お母様の顔から作られた微笑《ほほえ》みが消えた。

「……先生、それはどういう意味ですか？」

「メイサさんは学校でも大人っぽいと言われています。落ち着いていて、周りの空気を読むことに長《た》け、人が望むことを先回りして行動している節があるからです。おそらくですがその才能は彼女が持って生まれたものではなく、後天的に身についた力なのだと感じます。幼い頃からお母様の顔色を窺《うかが》ってきたのではないのでしょうか」

それにおそらく、この人が交際してきた男たちの顔色も。

上原さん自身が自分の力を卑下する傾向にあるのは、きっとそのせいで嫌な思いをしてきたからだと思っている。

だけど、私は――

「先生の言わんとしていることがわかりません。空気が読めるのは別に悪いことではないでしょう？　立派な処世術の一つじゃないですか。責められる謂《いわ》れはありませんよ」

「責めてなどいません。むしろ私は、大人であり教師という立場ではございますが、メイサさんのそういうところに憧れてすらいます」

私は、彼女を肯定する。

私にはないものを持ち、驕《おご》らず、腐らないところを、人として尊敬しているからだ。

「先生……」

目が合った上原さんの瞳が、揺れている。彼女が今何を思っているのか私にはわからないけれど、少しでもこの先の勇気を与えられていることを願うばかりだ。

対照的に、お母様はその綺麗《きれい》な顔に冷たい怒りを浮かべていた。

「……なかなか失礼なことを仰るじゃないですか。こういうのって、学校にクレームを入れてもいいんですよね？」

「はい。それはお母様の自由ですので、私が止めることはできません。ただ、申し上げたことを撤回はしません。メイサさんはずっと自分の気持ちを抑えているように思います。お母様に対して最後に我儘《わがまま》を言ったのはいつですか？　記憶にありますか？」

「それは……」

お母様は目を泳がせたあと、黙り込んだ。

「私はつい先日、メイサさんの『大学って面白そう』『できれば行ってみたい』という我儘を聞きました。私は最大限の力をもって、彼女の我儘を支援します。ですが、お金が絡《から》んでくる限りいち教師の私ができることには限界があるので……ここまでメイサさんを大切に育てあげられてきたお母様にどうか、ご協力をいただきたいのです」

真正面から頭を下げると、上原さんも私に倣《なら》って「お願いします」と座礼した。

……少しの間、部屋の中に沈黙の帳《とばり》が下りた。

「……あなた、担任でも進路指導の先生でもないのに、自宅までやって来て親に説教だなんて……ご自身がどれくらい失礼なことをしているかわかってます？」

「わかっています。ただ私にとっては、メイサさんが希望の進路に行けるように環境を整えてあげることが最優先事項なので」

「遜《へりくだ》りさえすれば私が希望をきくと思いましたか？　バカにして……！　私だってねえ、大学に通っていたんですよ。母親から厳しい教育を受けて育ちましたからね。努力の末、これでも難関に分類される大学に合格したんですよ」

突然自分の過去を語り出したお母様の話を、私と上原さんは黙って聞いていた。

「無事に入学できて安堵《あんど》していたのですが……ふふっ、なんの意味もなかったんですよ。合格して目標を失っているときに、恋を知ってしまって、教授と不倫なんてバカなことをして……結局、妊娠して中退しました。だから、目的もないまま大学に入ったところで意味がないんです。私は大学を中退してからようやく自分の人生を歩き出せたように思います。大卒という経歴がなくとも充実した毎日を過ごせています。メイサには話していたことなので、わかってくれていると思っていたんですがね」

ちらりと上原さんを見るその視線に、無性に腹が立った。彼女が咎《とが》められる理由なんて微塵《みじん》もないはずなのに、優しい彼女に同情させようと無駄な自分語りまでして、まだ「察して」を繰り返すつもりなのか。

だから私は、それをやらない。いわば得意分野ともいえよう。

「それは、お母様の人生です。メイサさんには一切関係ないので、説明にも説得にもなっていないと思いますが」

「だったら先生にはもっと関係ないですよね？　メイサの人生のことなんて。大学に行くのがそんなに偉いんですか？　私が稼いだお金を使って遊ぶことが？　それともあなたはメイサに借金背負ってでも大学に行けってそそのかしたいんですか？　なんのために？」

「進学の意味なんて、教師に聞いてもインターネットで検索しても似たり寄ったりの意見しか出てきません。どうせ自分自身で見つけるしかないんです。大学に行くことが人生のすべてではないという点は同意します。ですが、メイサさんの選択肢をお母様の人生観だけで狭めたりしないでください。彼女はまだ十七歳です。やりたいと思った方向に舵《かじ》を切ることを周囲の大人に支援してもらって当然の年齢です。学力については私が全力でサポートします。奨学金制度についても調べます。だから今はとにかく、お母様からの許可がほしいのです。私がお願いしていることって、そんなに難しいことでしょうか？」

慌てる上原さんの表情に気づかないフリをして、目を剝《む》くお母様をじっと見据えた。

「……本当に、驚くくらい無礼な人……」

呆《あき》れたように呟《つぶや》いて、お母様は大きく息を吐いた。

誰も何も言わない、無言の時間が流れる。外を走る車の音、行き交う人たちの声だけが耳に届いている。

普段の私なら沈黙を気にしないが、今は違う。

上原さんから、緊張と不安で苦しんでいる様子が伝わってくる。今は心の中で頑張れと言ってあげることしかできないもどかしさが辛《つら》い。

永遠にも感じられるような時間が流れたあと、お母様はふと、呟いた。

「……メイサは一体、どうしたいの？　あんたの口から聞きたいんだけど」

一筋の光が見えて、私の気持ちは逸《はや》る。

「あ、あたしは……」

そう。上原さんはまだ、自分でその言葉を言っていない。

　――がんばれ、上原さん。

「……大学に行ってみたい！　まだやりたいこととかわかんないけど、見つけるためにも学んでみたい！」

　欲望だけを繋《つな》げたいかにも子どもっぽい我儘を聞いたお母様は、一度目を瞑《つぶ》ってからゆっくりと目を開いた。

「………大学に行って……メイサが怠惰な生活をするようになったら、学費は払わない。それから、遊ぶお金は一切出さないから」

　そう言って上原さんにしっかりと釘《くぎ》を刺した。冷たく聞こえたかもしれないけれど、それは間違いなく、進学の許可を出した言葉にほかならない。

　思わず上原さんの顔を見ると、彼女の顔は光を放つほどに輝いていた。

「約束する！　ママと先生がくれた四年間を、絶対に無駄にはしないから！」

「どうだか。口ではいくらでも言えるしね」

「ちゃんとやるって！　ママとは違うってところを証明するし！」

「へえ、言うようになったじゃない。偉そうなことは合格してから言いなさいね。あと、浪人は許さないから。何がなんでも現役で合格しなさい」

　ようやく本来の上原さんらしさが出ているというか、遠慮のない親子のやり取りを見て私は胸を撫《な》で下ろす。

上原さんはきっともう、大丈夫だろう。

「わかってる。……とにかく！　ありがとう、ママ！」

喜びが隠し切れない様子でお母様に抱きつく上原さんを見て、お母様は「仕方がない子ね」と言わんばかりに笑って、頭を撫でていた。

さっきまで私に見せていた綺麗すぎる微笑みとは、また違う。

この家に来てから私が初めて見た、母親らしい表情だった。

◇

見送りは断ったものの上原さんは応じてはくれず、車を停《と》めた彼女の家の近くの駐車場まで私たちは再び肩を並べて歩いていた。

「ありがとね、先生。あたしのためにママを説得しに来てくれて」

「お礼を言われるようなことは何もしていませんよ。私はただ、教師として当然のことをしたまでです」

「ふふ、先生ならそう言うと思った。ねー先生、今日ウチのママに挨拶を済ませておいて正解だったかもね。先生が『娘さんを私にください』って挨拶にくるときにさ、ハードルが少し下がった気がするし」

「そんな日が来る予定は今のところないです」

「今のところ？　じゃあ、この先は可能性があるってことだね」

無意識のうちに出ていた自分の発言に、言葉を失った。

——私は潜在意識のどこかで、上原《うえはら》さんとの未来を想像したことがあるのだろうか？　ありえないのに？

「あ、ごめんね、冗談。困らせるつもりはなかったの。今は冗談とか言っていないと、じっとしていられないんだもん。今でもドキドキが収まらないくらいなんだよ。触って確かめてみる？」

また、上原さんの優しさと察しの良さに助けられてしまった。

私は教師だ。せめて生徒の前でだけは、背筋を伸ばし続けなければならないというのに。

「上原さんの冗談で社会的に抹殺されてしまうのは、ご勘弁いただきたいですね」

「女同士なのに？」

「他人の体に触れるのに性は関係ないでしょう」

「……やっぱり、先生は偏見がない人っぽいね」

上原さんがぼそりと呟いたが、私にはよく聞こえなかった。

「でも上原さん、大変なのはここからですよ。他の受験生よりもかなり出遅れている分、一日でも早く本腰入れて受験勉強をしないと」

もう二年生の秋だというのに、受験勉強に全く取り掛かっていないなんてスタートが遅すぎる。人より少しでも多く勉強しないと、とてもじゃないがずっと頑張って勉強してきた生徒たちには追いつけないだろう。

「はーい。矢部《やべ》先生にもすぐに報告して、今後の対策を考えていこうと思ってるよ。先生も応援してくれるよね？」

「もちろんです。上原さんが希望の大学に入れるように、全力でサポートするつもりです」

何一つ偽りのない心からの気持ちを伝えたとき、ちょうど駐車場に着いた。精算を済ませて車に乗り込み、窓を開ける。

「また何かありましたら、気軽に相談してくださいね。私はいつだって上原さんの味方ですから」

「……あたしのためにここまでしてくれるのに、ほんとにあたしのこと好きじゃないの？」

「なんですぐにそっち方面に持っていくのですか。あくまで教師としての仕事ですよ」

「わかってる。『教師として』の先生のおかげであたしの人生が変わったし、感謝だってしてる。でもね……」

上原さんは車窓に顔を近づける。

高校生にしては大人びた端整な顔立ちを、驚くほど間近で視認した。

「今日のことで、ますます好きになっちゃった」

じっと見つめられ、さすがに私だってドキッとさせられてしまった。

落陽したばかりの外の暗がりは、よくない誘惑にもさっと乗ってしまいそうな蠱惑《こわく》的な空気が満ちていて、彼女が持つ大きな瞳に吸い込まれそうになってしまう。

「ね、先生。抱きついてもいい？」

「………ダメです」

私には理性がある。責任がある。自分の立場を理解している。

ゆえに、私が彼女の好意に応えることは、絶対にない。

ただ――今日、彼女がお母様の前で自分の意思を告げられたこと、我儘《わがまま》を口にする勇気を出したことに対しては、『教師として』褒めてあげるべきだと思った。

「でも、今日は本当によく頑張りましたね、上原さん」

運転席から手を伸ばして屈《かが》んでいる上原さんの頭を撫でてあげると、

「……そうかな？　うん……頑張ったかも、あたし」

上原さんは年相応の、無垢《むく》な笑顔を見せてくれた。

そしてその瞬間、私は、強い罪悪感に襲われていた。

◇

上原さんと解散してから私は、自分自身への情けなさを振り切るように車を走らせた。

何が『教師として』、だ。あのとき私は一瞬にして、頭の中で言い訳を並べていた。

……彼女に触れる理由を、自発的に求めたのだ。

せっかく上原さんの人生の転機となった素晴らしい日だというのに、教師という言葉の卑怯《ひきょう》な使い方をしてしまった。

〝あの人〟への恋を自覚したとき、私は自分の臆病を時代のせいにしたことが何度かある。

もしも百年前に生まれていたならば、私は世の中に絶望して自ら命を絶っていたかもしれない。

もしも百年後に生まれていたならば、私はもっと堂々と胸を張って恋愛していたかもしれないのに、と。

そうやって、壊れそうになった夜を幾度も乗り越えてきた。

だけど——上原さんと出会って。

私とは違って自分の気持ちを真《ま》っ直《す》ぐに伝えてきてくれる彼女に、その気持ちを受け取ることはできなくとも私は少なからず影響を受けてきたはずだ。勇気も度胸もない私だって、何か変われるのではないかと漠然と思っていた。

それなのに、今度は職業のせいにしてしまったのだ。八年前から何も成長していないじゃないか。

苦い気持ちが腹の底から溢《あふ》れてきて、溺死しそうになる。

後悔と自己嫌悪《けんお》に陥っていた私は、スマホが震えたことに気づかなかった。

家に着いてからスマホを確認した私は、思わず目を見開いた。

『話したいことがあるんだけど、近いうちに会える？』

それは私の恩師であり、初恋の人でもある——緋沙子《ひさこ》先生からのメッセージだった。

第二章　初恋と聖夜

十二月になると、街中が本格的にクリスマスムード一色になる。

さすがに子どもの頃は家族でパーティーをした記憶はあるのだが、四歳下の弟が中学生になった年にその制度もなくなった。

それ以来、友達も恋人もいない私は、クリスマスに特別な思い入れなんてなかった。

だけど教師になってつくづく実感させられたのだが、高校生にとってクリスマスやらバレンタインはとても重要なイベントであり、彼らがそれに懸ける情熱とエネルギーには並々ならぬものがあるということだ。

「クリスマスが近づいてきたねー。あたし、十二月って基本テンション上がるんだよね」

どうやら、上原さんもそんな高校生たちの例に漏れないようだ。

三週間後に控えたクリスマスを前に、彼女はその大きな瞳を爛々《らんらん》とさせていた。

「今日の勉強会はいつもより集中力が足りなかったように思います。クリスマスにはしゃぐ気持ちもわからなくはないのですが、上原さんは受験に対して人よりスタートが遅れていることを自覚して、身のある勉強をしてほしいと思っています」

なにせマンツーマンで指導しているわけだから、上原さんの集中具合は嫌でもよく伝わってくる。クリスマスより何より私が気になっているのは、上原さんの受験に対する意識の甘さだった。

上原さんは校内テストの成績は悪くないのだが、それはあくまで偏差値が六十前後の学校での話である。少しでもいい大学に行きたければ、もっと本腰を入れて受験勉強に取り掛からなければならない。

私はいわゆる過酷な受験戦争を経験した人間であるため、どうしても口うるさく言ってしまうのだ。

「あたしなりにやってるよ。勉強時間は間違いなく増えたと思うし」

「……そうですか。少しずつでもいいので、頑張っていきましょうね」

勉強は強制するものではない。教師になったその日から、私が心掛けているスタンスでもある。だから私の授業中に寝ている生徒がいても、スマホを触っている生徒がいても、注意はしてこなかった。

高校は義務教育ではない。勉強するもしないも、すべてが自己責任だからだ。

ゆえに、上原さんにだけ特別な対応を取ることはしたくないけれど……どうしても、彼女の受験に対する危機感のなさには焦《あせ》りを覚えてしまうのだった。

「ところで……クリスマスってさ、先生はなにか予定ある？」

勉強の話から急にクリスマスの話を振られて動揺しつつも、誘われることを予想して身構えた。

教師として、いかなる理由があろうとも生徒からの誘いに応じるわけにはいかない。

「いえ、ありません」

「そっか、よかった」

上原さんは安堵《あんど》するだけで、特に私を誘うことはしてこなかった。

……誘われたら断るというのに、誘われないことに違和感を覚える自分を恥じる。いつから私はこんな自惚《うぬぼ》れた性格になってしまったのだろうか？

「う、上原さんは何か予定があるのですか？」

自分の過《あやま》ちをなかったことにするかのように、あるいは彼女には先約があるのだと確認するために自分から聞いてしまった。

「ママが働いているお店のクリパに行く予定だよ。バイト代、超弾んでくれるんだって」

大袈裟《おおげさ》な表現にはなってしまうが、私は目玉が飛び出そうになってしまった。

お店と言っても、私の記憶が正しければ上原さんのお母様が働いているのは普通の飲食店ではなく、男性客と一緒にお酒を飲んで接客することがメインのお店だったような気がするのだが……。

「う、上原《うえはら》さんは未成年ですよ？　だ、大丈夫なのですか？」

「バレなきゃ平気じゃん？　今年は別に予定もなかったし、稼いでくるね」

上原さんは淡々としているが、私の方が平静ではいられなかった。

私に〝そういう店〟に対する知識はほとんどないが、嫌なことを言われたり体を触られたりする心配はないのだろうか。もし好意を抱かれて、断ったときに逆上されたりストーカー行為をされてしまったら？

何も知らないからこそ心配の種がどんどん大きく膨らんで、ひとりで慌てふためいてしまう。

「なんか先生、顔色悪くない？」

「え!?　そっ、そんなことはないですよ！　す、少し驚いただけですので、大丈夫です……」

「先生は、あたしのバイトに反対ってこと？」

相変わらず、察しのいい子だとは思う。嘘《うそ》をついても仕方がないので、正直に告げる。

「……心配ではあります」

「大丈夫だよ。先生はちょっと誤解しているみたいだけど、ママの紹介だよ？　ママって、お店の中でも『ママ』だから一番偉いの。だから娘に変なことをしようとする客がいたら、ただで帰さないと思うし」

なんてことのないように笑って話す上原さんに、反論したくなる。

私が心配なのは、それ以前の話である。少しでも危ない橋を渡るような真似《まね》はしてほしくないのだ。

その気持ちがどの立場から発生しているものなのか、自分自身でもよく把握していないために喉の奥が閊えている。

過保護だと呆《あき》れられるだろうか。教師としての注意の範疇《はんちゅう》を超えてしまうだろうか。親でも友人でも恋人でもない私が言ってもきっと意味のない、耳を撫《な》でるだけの薄すぎる言葉になってしまうとわかっているから、何も言えない。

「……いくらバイト代を弾んでくれるからと言っても、来年はダメですよ？　来年の今頃は本当に追い込まないといけない時期ですからね」

……無難なことしか、言えないのだ。

「わかってるって。ママには大学に進学しても学費しか出さないって言われているし、三年生になったらバイトも勉強のためにやめるつもりだし。今のうちに稼いでおかないとね。

あ、もちろん先生が教えてくれた奨学金とかも利用するけどね」

上原さんはやっぱり、とても真面目な子だ。まだ十七歳だというのに、将来のことを考えて行動できる立派な子だと思う。

「学習内容でも奨学金制度についてでも、わからないところがあったら気軽に相談してください。できるだけ力になりますので」

「ありがと、先生。あーあ、サンタさんがお金とか大学の合格通知書とかプレゼントしてくれないかなー。ね、先生はサンタさんって何歳まで信じてた？」

「私のところにはもう来なくなってしまいましたが、今でも信じていますよ。今年もたくさんの子どもたちのところに現れるはずです」

「おー、大人の回答！　あたしも今度からそれ真似するね！　……ん？　もしかして先生、今あたしのこと子ども扱いした？」

「実際に子どもじゃないですか」

「じゃあ、いい子にしてるからプレゼントちょうだい♡」

「参考書と問題集のセットでどうでしょう？」

「普通にありがたいけど！　でも……クリスマス感はゼロだね」

上原さんは笑ってはいたけれど、普段通りの会話をしていても、私の喉の奥の閊えはその日、取れることはなかった。

◇

あのときの私の返答は、本当に正しかったのだろうか。このまま本当に、上原さんがアルバイトに行くことを認可してもいいのだろうか。

アルコールが入った男性に、変な絡《から》まれ方をしないだろうか。嫌だといっているのに無理やり体を触られたりはしないだろうか。

上原さんのそんな姿を想像してしまうたびに、私の胸中には嵐が吹き荒れる。どろっとした黒い感情が溢れて、想像の中の男に腹が立って仕方がなくなる。

決して、恋情ではないと信じたい。大人として、教師として、子どもであり生徒である子が心配なだけだ。

「寛《かけい》先生、ボーっとされているなんて珍しいですね。体調悪いですか？」

声をかけられてハッとした。私を心配して声をかけてくれたのは、新卒で去年この学校に来てからずっと私を気にかけてくださっている増田《ますだ》先生だった。

再来年には定年退職をされる予定の温和な雰囲気の女性で、担当教科が私と同じ国語ということと机が隣同士だということもあって、私が一番よく話をする教員でもある。

……というか、職員室で呆《ほう》けていたなんて信じられない。先日上原さんに集中力の散漫を指摘したばかりだというのに、情けない。

「い、いえ！　す、すみません、少し考え事をしておりまして」

「体調が悪くないのであればよかったです。筧先生は真面目すぎるところがあるので、たまには息抜きしながらお仕事しましょうね」

「は、はい……」

心から申し訳ない気持ちになる。仕事に影響が出てしまうなんて、社会人として断じてあってはならないというのに。

いや、こういう考えに至ることこそ「真面目すぎる」と咎《とが》められるだろうか。

生徒のことが心配で頭がいっぱいになっているとき、業務の範疇を超えてしまいそうなとき、緋沙子《ひさこ》先生なら一体どのような対応をとるだろう？

話がしたい、と思う。こうやって日常の些細《ささい》な瞬間に緋沙子先生の存在を思い出してしまうから、私はやはり依存しているのだろうと思う。

卓上カレンダーに目をやった。特に○を付けたりメモを書いたりはしていないけれど、来週の土曜日は私にとって、特別な日だ。

胸中の想《おも》いはそのときに相談しよう。

緋沙子先生と会う、その日に。

◇

陣内《じんない》緋沙子先生は私が高校一年生のときの担任教師であり、私の人生において最大の影響を与えられたと言い切れる人だ。

進路も、就職も、そして——自分の恋愛対象が同性であることも、先生によって気づかされたからだ。

時刻は十二時。待ち合わせ場所は、落ち着いた雰囲気のカフェだった。

今年、緋沙子先生がご結婚されるまでは大抵、私たちが会うのは夜、お酒を飲める場所だった。先生からの連絡の頻度はここ二年くらいは月に一回ほどだったけれど、今回は四ヶ月ぶりである。

私には無縁すぎて想像もできていなかったけれど、結婚して、誰かと生活を共にするとはこういうことなのだろう。

寂しさを感じてはいたけれど、私の感情が先生の結婚も幸せも祝わない理由になるはずもない。仕方のないことだと思って割り切っていた。

緋沙子先生を待たせるのは失礼だと思っている私は、待ち合わせにおいて先生より遅れたことはない。

今日は待ち合わせ場所がカフェということもあって先に席を取って待っていると、

「莉緒《りお》ー！」

八年間、体に染《し》み付いてきた反射だった。

その声を聞いただけで私の耳は喜ぶし、同時に私は緋沙子先生の姿をすぐに見つけることができる。ペコリと頭を下げながら、心臓が早鐘を打っていることを自覚した。

「緋沙子先生、お久しぶりです」

「元気だった？　少し見ない間に大人っぽくなったんじゃない？」

華やかな笑みを湛《たた》えて私の向かいに座った先生は、大きめのセーターを着ているせいなのか、失礼だけど少しふっくらされたような気がする。

おそらく、新婚生活が上手《うま》くいっているのだと予想する。緋沙子先生は料理好きだし、きっと旦那さんも幸せ太りしているのだろうな。

「もう大人っぽくなったと言われる歳《とし》じゃありません。それに、最後に会ったのは夏ですからまだ四ヶ月しか経《た》っていませんよ」

四ヶ月。前までは一週間でも顔を見られなかったりメッセージのやり取りがないと寂しく思っていたのに。時間の感覚が鈍くなっているあたり、緋沙子先生の言う通り私は大人になったのだろうか。

「莉緒にも結婚式に来てほしいんだけどな。やっぱり、難しい？」

「はい、行きたいとは思っていたのですけれど、来年の秋に海外となりますと……受験を控えた生徒たちの指導に全力で当たりたくて。申し訳ございません」

緋沙子先生から送られてきた招待状を欠席で返送した理由は、本音と建前を両方混ぜて二つある。

一つは、先生のウエディングドレスを目の当《ま》たり《あ》にしてちゃんと笑顔を作れるのか、自信がなかったということ。

そしてもう一つは、受験を控えた上原さんをすぐ側でサポートしてあげたかったことだ。

「ううん、いいの。できれば参列してほしかったけれど、莉緒が立派に先生やっていることがなんだかすごーく感慨深いっていうか……うれしくって」

そう言って緋沙子先生はメニュー表を開いた。このカフェではお酒も飲めるし、いつもの先生ならアルコールを入れるだろう。

「緋沙子先生、飲みますか？　私、車なので家まで送りますよ」

「ううん、今日はいい」

お酒が大好きな緋沙子先生が断るなんて、珍しい日もあったものだ。なんて、呑気《のんき》なことを思っていたら、

「あのね、莉緒」

先生にじっと見つめられて、心臓が跳ねる。

私はこの顔に、この雰囲気に、緋沙子先生という存在自体に弱いから。

「今ね、わたしのお腹《なか》の中に赤ちゃんがいるの。安定期に入ってから報告しようと思っていたのと……莉緒には直接言いたくて」

はにかみながらそう言われて、私の体細胞は完全に動きを止めてしまった。

――私という人間は、つくづく察しが悪いのだと実感させられる。

緋沙子先生から久々の連絡。少しふっくらとした体。お酒が好きだったのに、急にアルコールを控える行為。

これだけの条件が揃《そろ》っていたならば、容易に推測できたではないか。

緋沙子先生が、妊娠しているということに。

……そうか。単に私が鈍いからだけじゃない。

妊娠が私の人生において想定していないイベントだからこそ、想像もできなかったのだ。

「もしかして、ショックだったりして？」

「あ、いえ。すみません。ビックリしてしまいまして」

「莉緒？　どうしたの？」

緋沙子先生は私をからかうときの顔をしている。私にとても愛されている自信があるからだ。

だけどそれが恋愛感情であることには、八年経っても気づいてもらえない。

私が必死に隠しているということもあるだろうけれど、私が先生の妊娠に気づかなかったのと、根本的な理由は同じなのだと思った。

〝女同士での恋愛〟が端《はな》から思考の中にない緋沙子先生は、私が告白でもしない限りは私の気持ちに一生気づけないのだろう。

「……まさか。全然気づけなかった自分の鈍さには呆《あき》れましたけどね」

「ふふっ、莉緒が鈍感なのは今に始まったことじゃないでしょ」

ルイボスティーを注文した緋沙子先生は、クスクスと笑っていた。

緋沙子先生と私との絶望的な隔たりを実感させられたというのに、今の私は不思議と落ち込んではいなかった。

「結婚して年度末には長崎に引っ越す」と先生から報告を受けたときはあんなにショックで、悲しくて、どうすればいいのかわからなくなって、相当取り乱したというのに。

あの結婚報告で、耐性がついたのだろうか？　……いや、違う。


——先生。あたしね……。


脳裏に、上原《うえはら》さんの顔が浮かぶ。声が聞こえる。あれだけ求めてやまなかった緋沙子先生への気持ちを、上書きするかのように。

こうして冷静に先生の顔を見られるのは、きっと上原さんのおかげなのだろう。私の心の中に占める大切な人の割合において、緋沙子先生の比率が減って上原さんが増えたからであると推測する。

……いや、断じて上原さんを緋沙子先生の代わりにしているというわけではなく！

胸中でひとり弁明してから私は、緋沙子先生の真正面で深く座礼をした。

「緋沙子先生。ご懐妊、本当におめでとうございます」

「ありがとう。莉緒に祝福してもらえるなんて、こんな幸せな日がくるなんてね」

「大袈裟《おおげさ》ですよ。先生にはこれからもっとたくさんの幸せが待っているじゃないですか。……いえ、出産は無事に赤ちゃんが生まれるまで油断してはいけないために、妊娠中から周りが騒ぎ立てるのもよくないと聞いたことがあります。……だったら私は今、どんな言葉をかけるのが正解なのでしょうか？」

「真面目か！　いいのよ、頭空っぽにして『おめでとう』って言ってくれるだけで！」

緋沙子先生は笑っていた。それから、私が大好きなその笑顔をお腹に向けながら、「性別は次の検診でおそらくわかるかも」と言っていた。

緋沙子先生が注文したルイボスティーが運ばれてきて、私たちはささやかな乾杯をした。

赤ちゃんが健康に生まれてきますように。先生も無事でありますように。

空気を読まずに、妊娠中の先生が飲めないカフェインたっぷりのコーヒーを飲みながら、私は少しだけ、昔のことを思い出す。

八年前。私がまだ高校一年生で、コーヒーがまだ飲めなかった頃のことを。

◆

幼い頃から恋というものが、よくわからなかった。

同級生たちが格好いいと騒ぐ有名な男の子の話や彼氏との恋愛話で盛り上がっている様子を、私はドラマを鑑賞するかのように別世界のものとして横目で見ていた。

横目で見ていたと表現するのは、私には物心ついたときから友達と呼べるような子がいなかったからだ。

教育熱心な両親に育てられたためか昔から勉強だけはできたものの、私は空気を読んだり嘘《うそ》を吐《つ》いたりすることができない子どもだった。避けられてしまうのはまだいい方で、ときにはイジメの対象となってしまうこともあった。

だが幸いにも私は嫌がらせ行為を受けたとしても意に介するタイプではなく、「私に意地悪してなんのメリットがあるんだろう？」と首を捻《ひね》るだけだった。

そのうちイジメっ子からの興味も逸《そ》れ、本格的に孤立した。

私はひとりでいることに対しての寂しさはあまり感じない性質のようだった。会話の中に入れない自分が容易に想像できたし、相手に気を遣わせてしまうのも嫌だったからかもしれない。

だから私は、いつもひとりだった。

本が好きだったから、休み時間は本と共に過ごした。

友達もいない、そもそも他人と関わることがない私に、恋愛なんて縁のない感情だった。

人を好きになる気持ちを一度も理解できないまま、体だけ成長していった。

――高校一年生のとき、緋沙子《ひさこ》先生が担任になるまでは。


中高一貫校に通っていた私は新鮮な気持ちになれないまま、エスカレーター式で高等部に進級した。

見知った顔ぶればかりの私たちの前で、当時二十四歳の――今の私と同い年だった緋沙子先生は、初日の挨拶からウチの学校の教師らしくない挨拶で波紋を呼んだ。

「ここは中高一貫の女子高だから、もしかしたら感覚が麻痺《まひ》している子もいるかもしれないんだけど……外部からきたわたしが断言するね！　十六歳って凄《すご》いんだよ！　なんでもできるし、なんだって選べるの！　だから皆にはいろんなものに触れてたくさんのチャレンジをしてほしいと思ってるし、わたしはそんな子を超応援するからね！」

古風な学校だから風変わりな教師に対して排他的な人間が多いと思っていたけれど、緋沙子先生はあっという間に生徒たちと打ち解けた。

生徒たちを初日から下の名前で呼ぶ、よくいえばフレンドリーで親しみやすい先生。悪くいえば馴《な》れ馴れしい先生だった。……いずれにせよ、私にとっては苦手なタイプの人種だった。

だけど、国語の先生としては好きだった。

「在原業平《ありわらのなりひら》って今でいうプレイボーイってやつでね、そりゃーもうモテモテだったみたいなの。見た目がよくて和歌を詠《よ》むのが上手《うま》いってこの時代だと最強スペックだったからね。まあ現代だとポエムとか贈っちゃう男は引かれちゃうけど」

緋沙子先生の授業はわかりやすいだけでなくユーモアがあるから、クラスメイトからも人気があるみたいだった……が、しかし。

「莉緒《りお》！　お昼一緒に食べない？」

ある日の昼休み。緋沙子先生は突然、まるで友達に声をかけるような気軽さで私を昼食に誘ってきたものだから、心底驚かされた。

「いえ、大丈夫です」

「なんでよー。誰かと食べる予定でもあるの？」

「ないですけど、ひとりで食べたいので」

「じゃあ、わたしについてきて。秘密基地があるんだ」

「……話、聞いてます？」

おっとりしているのに驚くほどの強引さで、私は断りきることができなかった。

――もう一度、今度はあえてひっくり返して言おう。

国語の先生としては好きだったけれど、苦手なタイプの人種だった。

「教師だからって気を遣ってくれなくても大丈夫ですよ。ひとりでいることは慣れていますし、別に苦にも感じませんので」

先を歩く緋沙子先生の後ろを嫌々ついて歩いた。

「莉緒がひとりでも平気なタイプとか関係ないよ。わたしが莉緒と食べたいだけだから」

思わず絶句した。なんて自分勝手で、変な教師なのだろう。

「着いたよー」

緋沙子先生の言う秘密基地とは、音楽室だった。

「国語教師なのに、音楽室なんて勝手に使っていいのですか？」

「ちゃんと許可取ったもん。音楽の森岡《もりおか》先生とわたし、仲良いからさ」

職権濫用。公私混同。喉元に込み上げてくる言葉を呑み込んだ。

「お腹減っちゃったあ。食べよ？」

今でも覚えている。緋沙子先生はあのとき、ホットコーヒーとフルーツサンドを食べていた。

「ん、美味《おい》しー。莉緒はコーヒー飲める？」

「飲めないですし、飲もうと思ったこともないです」

「そっか。一緒に飲もうと思ったけど、莉緒がもう少し大人になるまでの楽しみにとっておくね」

そう言って本当に美味しそうにコーヒーを飲む緋沙子先生に、問いかけた。

「あの、陣内《じんない》先生はどうして……」

「緋沙子先生って呼ばないと答えません」

苦手だ。他人を下の名前で呼ぶのも、この人も。

「ひ、緋沙子先生は……どうして、名前呼びに拘《こだわ》るのですか？」

「苗字《みょうじ》より名前で呼ばれた方がうれしくない？　仲が良《い》い感じがするし」

「今の時代だと逆に珍しいのではないですか？　小学生になれば男子も〝さん〟付けですし、あだ名も禁止されている学校も多いと聞きますよ」

緋沙子先生は目を瞬《しばた》かせた。

「え、そうなの？　でもわたしは別に、気にしないけどね。わたしはわたしのやりたいようにやろっと」

「伝統に保守的なこの学校だと、浮きますよ。現に先生、私たちを〝さん〟付けで呼ばないことに保護者から意見をもらったらしいと聞きました」

ここは全国でも名の知れた名門女子高で、「ごきげんよう」なんて挨拶を交わす学校だ。異端者には厳しい風潮がある。

「ああ、それね。教頭先生から指導を受けたときは反省したフリをしたんだけど、全然気にしてないんだよね。わたしはわたしにしか書けない物語を綴《つづ》ろうとしているから」

「えっと……綴る？」

「いや、真顔で返されるとわたしのほうが照れちゃうじゃん！　もー、莉緒のポエム力がわたしに追いつくまで、これ以上話すのはやめておこうっと」

告げられる言葉のすべてに理解が追いつかなくて疑問符を頭上に浮かべる私を笑って、緋沙子先生はフルーツサンドにかぶりついた。こっちは美味しそうだなと思った。

「ね、さっき莉緒は『ひとりで食べたい』って言っていたよね。友達はいらないって思っている感じ？」

皮肉を言っているわけでも冷やかしているわけでも、ましてやデリカシーがないとも思わなかったのは、偏《ひとえ》に緋沙子先生の人柄なのだと思う。

一対一でちゃんと話したのは初めてだったのに、私にそう思わせる力があったから。

「そうですね。話に上手く共感できないので場を白けさせてしまうと思いますし、面白い話ができるわけでもないので相手もつまらないと思います」

「うんうん。失望される前に、自分から離れようってこと？」

「……私にはわからないのです。中等部のときに私をいじめていた女子たちが表面上は仲が良さそうだったのに、裏では互いの陰口を叩《たた》いているのを聞いたことがあります。一ヶ月ほど前には、塾が同じ他校の男子なんですけど……ものすごく意地悪なことを言ってくるのに、突然好意を告げられたりして……」

どちらも私の中では混乱を極めた事件だった。

「なんというか、人の言動と気持ちが矛盾することがどうしても理解できなくて。そのせいもあって、少し人間不信気味というか……」

「うんうん、そっか」

「……先生、ちゃんと聞いていますか？」

「聞いてるよー。莉緒がこんなに喋《しゃべ》ってくれると思ってなかったから、うれしくて」

急激な恥ずかしさが私を襲った。こんな誰にもわかってもらえないような話、誰にもしたことがなかったのに。苦手だと思っていた教師に話しているなんて。

「そんなに考えすぎなくても大丈夫だよ。友達とか好きな人って、頭で選んで決めるものじゃないから。『あ、いいな。この人と仲良くなりたいな』ってなんとなく思ったり、『あ、好き！』ってビビッて直感したりするものだから」

そんな風に誰かに興味を抱く未来が私には一切想像もできなかったけれど、この話が長くなるのも面倒だった私はそれから適当に相槌《あいづち》を打ちながら、昼休みを乗り切った。

緋沙子先生と解散してから、私はどっと疲れていた。

仕事とはいえ、こんな私を気にかけてくれるなんて今時珍しい熱血教師だなと思った。

まあ、これでしばらくは話しかけてくることもないだろう。

そう思っていた私は、自分の予想に裏切られることになる。

◆

翌日からも毎日毎日、昼休みになると緋沙子先生は私に声をかけてきた。

それは本当にたわいもないくだらない話ばかりで、私はどう返事をすればいいのかわからなかった。

「わたしは朝起きるのがどうしても苦手で、スマホのアラームだけだと起きられる気がしないから目覚まし時計をセットしているの。でもベルの音がすごくうるさいせいでお隣さんから苦情がきちゃった。メーカーもう少し考えて製作してほしいよね」

「目覚ましの音が大きいというよりも、緋沙子先生がなかなか起きなくていつまでも鳴り続けているから苦情がきたのでは？」

「……そういうこと⁉　莉緒、天才なんじゃない⁉」


「見て莉緒、新しいスカート買っちゃった！　どう思う？」

「同じものを持っていませんでしたか？」

「持ってないわよ！　……似てるやつは持ってるけど」

「ねえ莉緒、最近の高校生ってどんな音楽を聴いてるの？　オススメあったら教えて」

「……なんか代替わりする人たちとか？」

「五代目 K SOUL SISTERS？」

「うさぎっぽい……」

「まいみょんね」

「えーと……夜によく遊びに行く……」

「YOFUKASHI。さては莉緒、あまり音楽聴かないな？」

「……すみません。あの、わざと間違えてるわけじゃないですから」

おそらく私は、緋沙子《ひさこ》先生を落胆させることばかり口にしていただろう。

だけどいつだって生真面目なつまらない返答しかできない私にも、緋沙子先生は穏やかな笑顔を向けてくれた。

振り返ってみれば、緋沙子先生と上手く会話のキャッチボールをすることができたのは古典の話しかないかもしれない。

「紫式部は藤原道長の娘の彰子に仕えているときに、源氏物語を完成させるの。だけど読者は彰子と宮廷内のごく限られた人物だけだったらしいわ」

「それが今では教科書に採用され、日本で教育を受ける子どもなら一度は触れる文学になったわけですか。紫式部が現代にタイムスリップしてくることがあったら、感激するでしょうね」

「ふふっ、タイムスリップ？　面白い発想ね！　実際に彼女がタイムスリップしてきたら、スマホでメッセージのやり取りをしているのを見て大興奮しそう」

私に古典の話をしてくれるときの緋沙子先生の顔は、本当に楽しそうに見えたから。

「莉緒、あなたもしかして、古典が好きなの？」

「普通です」

「そっか。勉強すればするほど面白い分野だから、興味を持ってくれたらうれしいな。ウチはエスカレーターだけど、そのまま上がる予定？　それとも外部受験する？　将来の夢とかは決まっているの？」

「いいえ。両親の望みだけは聞いていますが、まだ何も決めてはいません」

なんとなく、家から通えないくらいの地方の大学に行きたいと思ってはいるけれど、おそらく許してはもらえないだろう。

「そう……わたしは教師として、生徒のやりたいことはできるだけ背中を押してあげたいと思ってるから。悩むことがあったらすぐに相談してほしいな」

「あ……ありがとうございます」

教師として、という言葉に引っかかっている自分がいた。

モヤっとした疑問をうやむやにしたまま、月日は流れていった。

◆

いつからだろう。〝こっち〟のきっかけは思い出せない。

いつの間にか私は、緋沙子先生との時間を楽しみに、そして……大切に思うようになっていた。

おそらく普通の生徒であれば、高校生活が進むにつれてひとりくらいは馬が合う友達ができたりだとか、少しくらいクラスに馴染《なじ》んだりしているのだろうけれど、私は三学期になっても孤立していた。体育祭も、文化祭も、記憶がないほどに。

クラス内における自分の立ち位置は変わらなかったけれど、自意識過剰でなければ緋沙子先生との親密度は上がっていたと思う。

それに比例して、国語の授業が一番好きになった。勉強と読書ばかりしていたこともあって、私の成績はぐんと伸びていった。

三学期の期末テストの順位表を私に渡すとき、緋沙子先生がやけにうれしそうな顔をしていた。

「はい、莉緒《りお》。頑張ったわね」

私自身も手ごたえを感じていたこともあり、察した。自席に戻って確認すると、順位表に書かれていた私の成績は科目別だと言語文化が一位、そして……総合順位も一位だった。

今までも一桁はキープしてきたものの、総合で一位を取ったのは初めてだったから驚《きょう》愕《がく》の方が先にきた。

総括している緋沙子先生を見る。目が合った先生は、私にだけわかるように柔らかく微《ほほ》笑《え》んでくれた。

胸のあたりが温かい気持ちで満ちていく。

一位を取ったことよりも、緋沙子先生が喜んでくれたことの方がうれしかった。

ホームルームが終わり帰ろうとしていた私は、珍しくクラスメイトから話しかけられた。

「筧《かけい》さんってもしかして、荒川奈津子《あらかわなつこ》先生のファンだったりする？」

声をかけてきたのは城ケ崎《じょうがさき》さんだ。意志の強そうな切れ長の目元が特徴的な端整な顔立ちの彼女は、毎日ヘアスタイルを変えていて私とは対照的にお洒落《しゃれ》で女子力が高い。

クラスでも目立つグループに所属していて、用事があったとき以外で関わったことはないけれど、常に学年トップの成績優秀な人だった。

そして荒川奈津子先生とは一昨年直木賞を受賞された、私が今一番推している小説家である。

「……そうだけど、どうしてわかったの？」

「休み時間に『秋桜《コスモス》と蒲公英《たんぽぽ》』読んでいたでしょ？　私もあれ好きで、語りたかったんだよねー」

上品な笑みを浮かべながら丁寧に話す城ケ崎さんは話し上手かつ聞き上手で、人見知りする私でも肩の力を抜いて楽しくお喋りができた。クラスで人気のある人物というのは、魅力がある人と同義なのだと思った。

「筧さんって本が好きなんだね。国語も得意だったりするの？」

「うぅん。読書が好きでも現国の成績には結びつかないみたい。今回、言語文化はよかったけど現国はいつも通り足を引っ張ったから」

「よかったんだ？　今回の期末、難しかったのに……。ねえ、もしかして筧さんって学年トップだった？」

「あ、うん」

嘘《うそ》をつく理由もないので正直に答えると、

「わあ、おめでとう筧さん！　すごいね！」

そう言って笑顔で祝福してくれたから、評判通りに優しいと思った。

読書という共通の趣味もあることだし、これからは面白い本を発掘したときなんかに話しかけてみようだなんて考えてもいた。

だけど翌日から、私は嫌がらせを受けるようになった。

◆

元々クラスメイトと話すことは皆無だったけれど、用事があれば短くとも会話を交わしていた。

だけど今は、必要最低限の用件も伝達事項もまるで私の存在なんてなかったかのごとく無視されるようになっていた。

生徒間で私に関するあることないことを言いふらされて、私はどうやら根暗で嘘つきで他人を騙《だま》すことをなんとも思わない最低なヤツ、という設定にされていた。……根暗は合っているのかもしれないけれど。

私が誰かに助けを求めるわけがないと思っているのか、主犯の城ケ崎さんは実に堂々としていた。被害者面《づら》をしていたくらいだ。

心底不思議で仕方がなかった。一位を取ったことを「おめでとう」と言ってくれたのに、私の頑張りを称《たた》えてくれたのに、どうしてこんなことをするのだろう。

私はいつだって相手が本当は何を考えているのか、その心を察することができない。

高校生になっても変わらないということは、この先大人になっても、今際《いまわ》の際《きわ》もきっと変わらないのだろう。

何度も繰り返されてきた過去と、これから先も繰り返されるであろうコミュニケーションの齟齬《そご》から生まれる他者との衝突を考えたら気が重くなった。

まあ、嫌がらせ自体は私も初めてではないし慣れている。別段気にすることでもないか。

……なんて思っていた、ある日のことだった。

「あ、筧さん」

日直でいつもより帰宅時間が遅れた日に、昇降口で城ケ崎さんと鉢合わせた。

帰宅部の生徒はほとんどが帰り、部活のある生徒は皆活動中だ。奇妙な静けさが私たちの間に漂っていた。

「この間聞きそびれちゃったんだけど、期末ってどれくらい勉強したの？　寝る間も惜しんでって感じ？」

「……二学期よりは多めに勉強したけれど、普通だよ」

「……へえ、そうなんだ。ちょっと勉強しただけで結果を残すって、ほんと凄《すご》いね」

嫌がらせをしてくるのに普通に話しかけてきたり、何食わぬ顔で私を褒めてくるのはどうしてなのだろう。

「ちょっと勉強しただけとは言ってない」

「そうなの？　学年トップなのに？　……ねえ、言語文化も科目別順位で一位だったの？」

「うん」

——このとき私は、城ケ崎さんが口の端を吊り上げる瞬間を見た。

「ああ、納得したかも。筧さん、緋沙子先生に贔屓《ひいき》されているもんねー。もしかして、テストに出るトコ教えてもらったりしたの？」

緋沙子先生の尊厳を冒すような発言に、反論せずにはいられなかった。

「緋沙子先生がそんなことするはずない。それに、私は贔屓なんてされてない」

先生にとって私は、たくさんいる生徒のひとりなのだから。……至極当然のことを再確認しただけなのに、なぜか胸がチクリと痛んだ。

「そうかな。だって緋沙子先生ってお昼は筧さんと食べているんでしょ？」

「それは私に友達がいないのをかわいそうに思った緋沙子先生の、教師としての義務感と同情からくる行為ってだけだと思う」

「筧さんは緋沙子先生の心が読めるの？　読めないでしょ？　だったら断言なんてできないと思うんだけど」

「……読めないけど、読めないのは城ケ崎さんだって同じだよ」

「そうだね。まあ、来年の授業担当が緋沙子《ひさこ》先生じゃなくなっても筧さんの国語の成績がずっと学年一位だったら、贔屓がなかったって認めるよ」

私たちの主張には互いに証明できるものがないので、それ以上言い返せなかった。

だから城ケ崎さんに暴論を許してしまったのだ。

「いいよ。これから卒業まで、私は一位を取るから」

「そう？　楽しみにしてるね」

そう言って笑顔で去っていく城ケ崎さんの後ろ姿を見ながら、しばらく動けなかった。

なんだか、ずんと体が重くなった。生きていくって、疲れる。漠然とそう思った。

だけど、歩かなければ家には帰れないわけで。足取り重く下校していると、一台の車が接近してきて窓を開けた。怖いから車の方を見ないようにしていたけれど、

「莉緒」

緋沙子先生の声だったから安堵《あんど》した。頭を下げて挨拶をする私に対して、先生はやけに深刻そうな顔をしていた。

「そんなトボトボ歩いて……どうしたの？」

「別にトボトボなんて歩いていません。今日はいつもより疲れているだけです」

「……間違ってたらごめんね。もしかして今、クラスで嫌がらせを受けていたりする？」

緋沙子先生を誤魔化せる自信は微塵《みじん》もなかった。

「はい、多少。あまり気にしていませんし、詳細は言いませんけど」

城ケ崎さんに恨まれそうだからという理由ではなく、なんだかもう面倒くさかった。どうせ一過性のものだろうしクラス替えももうすぐあるし、穏便に終わらせたかったのだ。

「そう……じゃあ、乗って」

「え？」

「助手席に乗って。ドライブしようよ、莉緒」

緋沙子先生にドアを開けられ、強制的に車に乗せられた。


走り出した車の窓から見える景色は、いつもの通学路なのに全く違って見えた。

きっと緋沙子先生は私を心配してくれているのだろうが、それを感じさせないようにいつも通りに話しかけてくれる心遣いがうれしかった。

先生の声や存在をよりあたたかく感じることで、気を張って生活していたのだとようやく気づく。今まで私は、クラスメイトに嫌がらせを受けていても自分は気にしないタイプだと思ってきたけれど、それは私がそう思い込みたかっただけなのかもしれない。

緋沙子先生と一緒にいると、ほっとする。クラスメイト全員から無視をされると世界中の人から嫌われてしまったかのような孤独感があったけれど、私はひとりじゃないって実感できるからだろうか。

「わたしね、仕方なく教師になったんだ」

外の景色を眺めていた私は、思わず緋沙子先生の方を見た。

先生とはいろんな話をしてきたけれどいつもたわいない話ばかりで、なんというか、真面目な話は初めて聞いたからだ。

「最初は大学院に進んで、研究者になろうって考えてたんだよね。だけど院ってわたしよりずっと賢くて、もっと情熱のある人がたくさんいる世界だって聞いてね、本当にわたしは親に高い学費を払わせてまで研究したいのか？　って思いはじめちゃって」

ずっと前を向いて運転している緋沙子先生と目が合うことはない。私はここぞとばかりに綺麗《きれい》な横顔をじっと見つめていた。

「なんとなくとっていた教員免許に助けられたよね。教師って責任ある仕事っていうけれど、合わなかったらすぐ辞めればいいって思ってたし」

「……教師になってみて、どうでしたか？　辞めたいと思っているのですか？」

緋沙子先生は笑って、かぶりを振った。

「それがね、朝早いし業務量は多いし大変なんだけど、不思議と辞めたいとは思わないの。子どもたちの成長を見るのが楽しくてね。性に合っているみたい」

その返答を聞いた私は安堵した。私たちに教えることが緋沙子先生にとって嫌なことじゃなくてよかったと思ったからだ。

うん、やっぱり緋沙子先生が贔屓なんてするはずがない。絶対に。

「……私は、緋沙子先生が決して贔屓をするような教師ではないことを証明するためにも、卒業まで国語は必ず学年トップをとります。見ていてください」

宣言を聞いてもらうことで決意を強く固めようと思ったのに、緋沙子先生は首を捻《ひね》っていた。

「……ん？　待って、莉緒《りお》。なんでそうなったの？」

私は城ケ崎さんの名前は出さずに、今回のテストの結果で緋沙子先生があらぬ疑いをかけられていることを話した。先生は最後まで難しい顔をしていたが、

「ダメダメ！　そんな気持ちで勉強しても楽しくないって！　わたしはね、莉緒と古典の話をするのがすごく楽しい。莉緒もそう思ってくれているからこそ、勉強も楽しくできて今回の結果に繋《つな》がったんじゃない？」

「……確かに、苦ではなかったです」

「でしょ？　だから『証明するため～』とかなんとか難しいこと考えなくていいの！　莉緒が楽しく古典を学んでくれるなら、わたしは別にえこ贔屓教師だって言われても全然いいもん」

緋沙子先生にそこまで言わせてしまったことが恥ずかしく、古典の楽しさを教えてくれた先生にただひたすら申し訳ないと思った。

「ごめんなさい。先生を悲しませてしまうところでした」

「いいのよ。……ねえ、莉緒。わたしね、嫌がらせをしている子……っていうか、理由にちょっと心当たりがあるの。答えなくていいから、聞いてくれる？」

「はい」と言って頷《うなず》くと、緋沙子先生は続けた。

「莉緒はこの前の期末テスト、とっても頑張ったよね。特に言語文化は、担当のわたしが自慢したくなるくらいすごく伸びた。学年一位も当然の結果だと思ってる。だから……嫉妬されちゃったのかもね。人は自分が頑張れば頑張るほど、報われなかったときに黒い気持ちになっちゃうものだから」

努力が報われないのは世の中の摂理として当然のことだと思うし、結果が気に入らないのであれば次はもっと努力すればいいだけの話じゃないのだろうか。

「……私にはその気持ちは……よく、わかりません」

「わからないなら、それはそれでいいの。あのね、莉緒。莉緒は『人の心情を察することが苦手だ』ってよく口にするけれど、それは莉緒が人に対して器が大きいとも言えると思うの」

「他人への興味が薄いだけです」

「だから、そんなに悲観しないで。わたしは莉緒のそういうところが大好きだから」

緋沙子先生に説明されても、城ケ崎《じょうがさき》さんの気持ちはやはりよくわからない。ただ、先生の言葉は私自身の言動を振り返るきっかけになった。

城ケ崎さんがそれこそ寝る間も惜しんでずっと勉強を頑張ってきた結果が、今までの学年トップという成績だったとするならば。

私の二倍、もしかしたら十倍ほども努力をしている人だと仮定した場合、「どれくらい勉強したの？」と問われて「普通だよ」と答えた私の言い方にも問題があったのかもしれない。……城ケ崎さんの努力を軽んじたと捉えられた可能性もある。

そうなると意図的だろうが無意識だろうが、城ケ崎さんにとっては私に傷つけられたという思考に収束するだろう。

それは私の本意ではなかった。私が傷つけられるのはいい。だけど、私のこんな性格のせいで知らないうちに誰かを傷つけるのは死ぬほど嫌だった。

「……緋沙子先生は好きだと言ってくれましたけれど、私も反省しないといけない点があります。他人とのコミュニケーションが苦手とはいっても、相手を思いやる最低限の気遣いは心掛けていかなければと思いました」

「うん、偉いよ莉緒。いい子いい子してあげる」

緋沙子先生は右手だけで運転しながら左手で私の頭を撫《な》でた。

「あ、危ないのでちゃんと両手でハンドルを握ってください」

「はーい」

私は自分の体の内部で何かが起こっているような、異変を感じていた。

知ってしまっては元に戻れないような不安と、知らずにはいられない好奇心。

自分では制御できない感情の揺れを、必死に抑え込んでいた。

「……あの、ところで。緋沙子先生はどこへ向かっているのですか？」

平静を装《よそお》いつつ、尋ねる。緋沙子先生は私が教えた自宅の住所とは全く別の方向に車を走らせていたのだ。

「いいところ♡」

「大人としてどうかと思います。捕まりますよ？」

「莉緒が言わなきゃわかんないよ」

穏やかな横顔を見ながら小さく息を吐いた。私が何を言ったところで、緋沙子先生は私を真《ま》っ直《す》ぐ家に帰してくれる気はなさそうだ。

抗議をやめたのは諦めと、ふたりのドライブが楽しかったからだ。

私も十八歳になったらすぐに普通免許を取得しようと決めた。


到着を告げられて車から降りると、すぐ近くにスカイツリーが見えた。

「緋沙子先生は私にスカイツリーを見せたかったのですか？」

「ブブー、はずれ。ね、ちょっと歩こうよ」

温和なのに強引な緋沙子先生の誘いを、私は断れた例《ためし》がない。先に歩き出した緋沙子先生を追いかけた。

川沿いに咲くまだ満開とは言えない桜を、ふたりで見て歩く。暦上では春だというのに、川から吹いてくる風が冷たくて身を縮みこまらせた。

「知ってた？　隅田川《すみだがわ》って、伊勢物語《いせものがたり》ゆかりの地とも言われているの」

「……もしかして、『東下り《あずまくだ》』に出てくるからですか？」

「お、さすがだね。言問橋《ことといばし》も『名にし負はば　いざ言問はむ　都鳥　わが思ふ人は　ありやなしやと』……この和歌から付けられたんだって」

「以前も緋沙子《ひさこ》先生は在原業平《ありわらのなりひら》の話をされていましたよね。お好きなのですか？」

「そういうわけじゃないわよ。でも、ロマンはあるわよね。女の子をメロメロにするイケメンだっていうし」

そう言って笑う緋沙子先生につられて、口元が緩む。

「うーん、寒いねえ。莉緒ー、もっとくっついて歩かない？」

「やめたほうがいいのではないでしょうか。学校関係者の誰かに見られたときに困ると思います」

「なんで？　教師と生徒とはいえ大丈夫でしょ、女同士なんだし」

なんだか、引っかかりを覚える。以前にも感じたことのある、上手《うま》く言語化できない嫌な感じの靄《もや》が発生する。

緋沙子先生は歩きながら、あっさりと告げた。

「莉緒も知っているとは思うけど、ウチの学校は担任が一年で絶対に変わるの。だからわたしは来年から莉緒の担任じゃなくなるわ」

「そうですか……今までお世話になりました」

「ふふっ、ドライすぎない？　莉緒らしいけど。……ね、寂しい？」

「はい、寂しいです。先生には本当によくしてもらったので」

「莉緒はその素直なところも長所だからね。覚えておいて」

担任が一年で交代することは知っていたし、覚悟もしていた。だからダメージは少ないと思っていたけれど、面と向かって正直に「寂しい」と口にしてしまうと、それは急な現実味を帯びて私に襲いかかってきた。

上手く歩けなくなって歩幅が狭くなる私に気づいたのか、緋沙子先生は急に足を止めて私の前に立った。

真正面から真っ直ぐに、見つめられた。

「伊勢物語も竹取物語《たけとりものがたり》も、誰が書いたのかはまだわかっていないの。でも、名前も知らない〝その人〟じゃなければ書けない物語だったのは間違いない。……莉緒は人より少しだけ感性や価値観がズレているって悩みがちだけど、人とは違っていたり孤立することを恐れないで。莉緒だからこそ綴《つづ》れる人生《ものがたり》にしてほしい」

このときの緋沙子先生の言葉は、一言一句覚えている。

それどころか、風の匂いも、桜の開花具合も、全部明確に記憶している。

っている。

――気づいてはいけなかったんじゃないかって、今でも思う。

だけど、同時に……初めての感情を気づかせてくれたのが緋沙子先生でよかったとも思っている。

「……そうか、これが……」

思わず唇から零《こぼ》れた言葉は、風に流されて緋沙子先生の耳にまでは届かなかった。

「ん？　どうしたの莉緒？　なんだか、見たことないような顔してる」

「……いえ。ようやく私も、先生のポエム力に追いついたのかなって思って」

「あー、人をバカにして～！」

緋沙子先生は笑いながら、風で乱れていた私の髪の毛を手櫛《てぐし》で直した。

「っていうか、偉そうなこと言っちゃった。年寄りだと思わないでよね？　そりゃ、女子高生にとってはおばさんだろうけど、わたしだってまだ二十四歳だし！　まだ若いくくりに入るはずだし！」

「……思いませんよ。私にとって緋沙子先生は、いつまでも、これから先もずっと、大切な人です」

会話の前後が微妙に噛《か》み合わない私の返答を聞いた緋沙子先生はいつものように笑っていたけれど、私は一生忘れないと思う。

この先、緋沙子先生が私のことを忘れてしまったとしても、私は、ずっと。


この日初めて、私は人を好きになる気持ちを知った。

◆

終業式の日の放課後、私は城ケ崎さんに校舎裏へ呼び出された。

何を言われるのか不安で身構えていた私のネガティブな予想をすべて裏切り、彼女は深く頭を下げた。

「筧《かけい》さん、本当にごめんなさい。学年トップを奪われたことが悔しくて、自分でも信じられないくらい酷《ひど》いことをしてしまったって、ずっと後悔してて……」

「謝罪も言い訳も、あなたがやったことの正当化にはならないよ」

「うん……反論なんてしない。謝ることしかできない。筧さんに仕返しをされても、先生に告げ口をされてもいいって思っていたこともあって、自分の行動に歯止めが利《き》かなくて……私、本当に最低だったと思う」

「意味がわからないのだけど。告げ口してほしかったの？」

「成績優秀な優等生っていう良い子ちゃんイメージを、思いっきり壊したかったの。皆のイメージする自分で居続けるのって、結構重圧っていうか……息苦しくて。もし私が優等生じゃなくなれば、一位を取れなくても親や友達を失望させることもないだろうし」

「優等生って……自分で言うんだ」

「まあね。でも、私に悪者は向いてなかった。罪悪感で余計に勉強が手につかなくなっちゃったし。プレッシャーがあろうがなかろうがとにかく頑張ることのほうが、ずっと楽だったよ」

顔を上げた城ケ崎さんは私の目をじっと見つめたかと思いきや、自嘲するように笑った。

「そんな身勝手で幼稚な私に対して、筧さんは何もしてこなかった。私何やってんだろって、あなたのおかげで目が覚めたの」

「……それで？　城ケ崎さんは許すとか許さないとか、そういう言葉が聞きたいの？」

「ううん、許してくれなくていい。ただ私が、謝らないと気が済まないだけ」

本当に、呆《あき》れるほど自分勝手だ。優しくて成績優秀で人望もある彼女のこんな黒い一面は、クラスで私くらいしか知らないのではないだろうか。

「……じゃあ、もう私帰っていい？」

「いいよ。来てくれないと思っていたのに、時間をくれてありがとね。……信じてくれないかもしれないけれど、私、筧さんのそういうところ好きだよ」

「そう」

人の心がよくわからない私にとって、城ケ崎《じょうがさき》さんの嘘《うそ》も本心も考えたところでわかるはずもない。だから適当に受け流しながら、その場を去ろうと歩き出す。

「次のテストでは絶対、負けないから」

背中越しに聞こえてくる宣戦布告に返事はしなかった。

それから卒業までの二年間、私は国語だけは学年一位を保ち続けたが、総合順位はずっと一位というわけではなかった。

城ケ崎さんとのエピソードはいい思い出とは言えないものの、人の顔も名前も覚えるのが苦手な私が、高校を卒業した今もなお覚えている数少ないクラスメイトであることは間違いない。


緋沙子先生への好意を自覚して以降、自身でもわかっていなかった謎が急速に解けていった気がした。

クラスの女子たちが騒ぐ男性アイドルにも俳優にも、全く興味を引かれない理由も。

自分が男性よりも女性に惹《ひ》かれる性質にあること、要は……自分の恋愛対象が男性ではなく女性だったのだと、理解したから。

しかし同性が好きだと気づいたところで、私は緋沙子先生以上に好きになれる人とは出会わなかったし、ましてや先生に想《おも》いを伝えようなんて考えたこともなかった。

緋沙子先生は私が高校を卒業してからは彼氏の話をしてくるようになった。相手が変わることもあったけれど、先生の恋愛はいつだって男性が対象だったからだ。

私は絶対に叶《かな》わない恋を、一生伝えることのない気持ちを抱えたまま生きてきた。

だから私は今まで、恋人のいる人生を経験したことがない。初恋を拗《こじ》らせたまま大人になってしまったのだった。

◇

緋沙子先生は感慨深そうに、私がコーヒーを飲む姿を見つめていた。

「莉緒《りお》がコーヒーを飲めるようになったのっていつだっけ？　莉緒が大学生になってから

初めて再会したときはまだ、飲めなかったよね？」

「二十歳になる前にはもう飲んでいたと思います。緋沙子先生が美味《おい》しそうに飲む姿を見ていたので、飲めるようになりたくて頑張りましたから」

「え〜⁉　そうだったの⁉　やだもう、莉緒ってば可愛《かわい》いとこあるじゃーん！」

飲んでいるのはアルコールもカフェインも入っていないルイボスティーのはずなのに、緋沙子先生は少しだけハイで、饒舌《じょうぜつ》だった。

「だって卒業したら二度と会わないと思っていたのに、頻繁《ひんぱん》に誘われるようになるなんて想像もしていなかったんですよ。……十代なら、身近な大人の趣味嗜好《しこう》に憧れるのは当然かと思います」

「確かにわたし、莉緒が卒業したのをいいことに普通に友達になろうとしたもんね。『私、つまらない生徒ですし嫌がられていると思っていたので、誘ってくれるなんて驚きました……』って言われたときは笑っちゃったよね。逆逆〜！　って」

「その話はもう聞き飽きましたよ……」

卒業してから六年も弄《いじ》られ続けている私の身にもなってほしい。いくら大好きな緋沙子先生の声とはいえ、恥ずかしくて耳を塞ぎたくなる。

「だって、おっかしいんだもの。わたしは今もこんなに莉緒のことを面白いと思っているし、大好きなのにね？　なんで伝わらないのかなあ？」

「緋沙子《ひさこ》先生の愛情は伝わりにくいんですよ。本気なのかからかっているのか、わからないので」

「ふふっ、言うようになったねえ」

「もう八年の付き合いですから」

教師と生徒という立場がなくなった瞬間、緋沙子先生が遊びに誘ってくれるようになるなんて想像もしていなかった。人生で一番うれしい誤算だった。

——だから、大丈夫。緋沙子先生と会えなくなったとしても、休日に外に出る予定がなくなるだけ。ベッドに潜った後に寂しいと思う日が増えるだけ。今までの運が良すぎただけなのだから。

そう思えるようになったのも、きっと、〝彼女〟のおかげなのだろう。

……私は彼女のことを、どう思っているのだろうか。これから先、どうなっていきたいのだろうか。

「莉緒、今悩んでいることってあったりしない？」

「え……？」

持っていたコーヒーを零すところだった。

どうしてわかるのだろうと戸惑っていると、緋沙子先生はふっと笑った。

「わかるよ。莉緒は自分の感情が顔に出にくいと思っているみたいだけど、何年の付き合いだと思ってるの？　緋沙子先生を甘く見てはいけません」

緋沙子先生のドヤ顔を見ていたら、おかしくて頬が緩んでいた。ふたりで顔を見合わせて笑った。

「いつまでたっても、私は緋沙子先生の前では生徒なのですね」

「そうよ？　大切な友達であり、生徒なの。だから、莉緒。わたし三月には引っ越しちゃうし、赤ちゃんが産まれたらなかなか会えなくなるだろうし、無理にとは言わないけれど……話したいことがあったら言ってごらん？」

私の好きな優しい声色。言おうかどうしようか、躊躇《ためら》ってしまう。

初恋相手であるこの人に対して、恋愛の話をするのはいつも怖かった。

どこかで気持ちを勘づかれてしまったらどうしよう。気持ちが溢《あふ》れてしまったらどうしよう。そんな怯《おび》えがあったからこそ、私は今まで、緋沙子先生が自分の彼氏の話をしているときも常に聞き役に徹してきたし、私自身の恋愛事情を聞かれたときは絶対に口を開こうとはしなかった。

でも、今なら——今の私なら、話せるかもしれないと思った。

ぎゅっと、拳を握る。ゆっくりと、唇を開いた。

「……その、ある人から、好意を向けられていまして……」

「それってもしかして、生徒でしょ？」

勇気を持って口を開いたばかりの私は、早くも言葉を失った。

間抜けな私のリアクションが緋沙子先生の予想を確信に変えてしまったらしく、先生はニヤリと口角を上げていた。

「……まいりました。どうしてわかるのですか？」

「だから言ったでしょ？　何年の付き合いだと思ってるの？　そもそも、莉緒の交友関係の狭さから考えると生徒か同僚が一番可能性が高いわけだしね」

恐ろしい推理能力だ。いや、私の交友関係が狭すぎるのが問題なのだろうか？

まあ良くも悪くも、誤魔化して話をする必要はなくなったわけだ。少しだけ肩の力が抜けた私は、話を再開した。

「……えっと、ある生徒から告白されたのですが……もちろん、断ったんです。教師と生徒が付き合うなんてこと、ありえませんから」

「ふむふむ。エピソード自体はもう完結しているように思えるのに悩んでいるってことは、付き合うかどうかは問題じゃないってことだね？」

「はい。ですが……〝今〟交際をするなんて全く考えていないはずなのに、他の生徒よりも気にしてしまうんです。それに……た、たとえば仮にその子が成人した後に交際をはじめたとしても、こんな私に誰かを幸せにできる能力があるとは思えなくて……」

自分に自信もない私なんかと付き合ったとして、上原《うえはら》さんは本当に幸せになれるのだろうか。卒業したら高校生のときだけにかけられていた魔法のような幻想は解けて、私のことなんかすっかり忘れてしまうのかもしれないけれど。

それならそれでいい。……そう言い切ってしまえたらいいのに、緋沙子先生の前でひとりの生徒に戻ってしまった私は、子どものように自分の欲だけを並べ立てる。

「こ、こんな気持ちのままその子に接しているなんて、教師失格でしょうか……？」

緋沙子先生は目を見開いたまま、何も言わなかった。私はコーヒーを一口飲んで、まだドキドキしている心臓を落ち着かせようと努めた。

……というか。先生をそんなに引かせてしまうくらい恥ずかしいことを言ってしまったのだろうか、私は。

「……な、なにか言ってください……」

「ごめんごめん！　少し驚いちゃって……それにしても、莉緒？　そこまで真剣に考えてあげられるなんて、その子のことがとても大切なのね？」

穏やかで柔らかい緋沙子先生の声に反応して顔を上げると、私の好きな先生の微笑《ほほえ》みがそこにあった。

「……そう、ですね。はい」

だから、素直に肯定できた。

元々、「その子のことが好きなの？」と問われたら「いいえ」と答えるつもりだったけれど、「大切なのね？」と聞かれたら「はい」と答えるしかないわけで。

「莉緒。あなたが自分だけの物語を綴《つづ》っていることを、わたしはとてもうれしく思う。大丈夫、莉緒が選び取る選択ならきっと、どんな結末を迎えたとしても誇らしいものになるに違いないから」

緋沙子先生はそう言って幸せそうにルイボスティーを飲んでから、

「ああ、それにしても……莉緒を見染めるなんてその子、若いのに見る目があるのね。きっと心もイケメンに違いないわ」

「心『も』って……顔はイケメンって決めつけてます？」

「うん！　絶対イケメン！　わたしの予想だと俳優の……」

緋沙子先生が楽しそうに予想する俳優と上原さんは、もちろん似ても似つかない。

先生はきっと、私が男子生徒から告白されたと信じて疑っていないのだろう。私や上原さんのように同性を好きになるということが、先生には発想できないからだ。
「どう？　当たってる？」
「掠《かす》ってもいませんね」
「うっそ!?　誰に似てるか教えてよ！」
「そうですね……そもそも私は芸能人に詳しくないのですが、生徒たちの間からは『BE
YOU』のナナカに似てるって言われているらしいです」
「それってすっごい美少女顔ってこと!?　……わたしの予想を遥《はる》かに超えるイケメンなの
ね……！」
　妄想に花を咲かせる緋沙子先生の話を聞いて笑いながら、私の中でゆっくりと巣立ちの
準備が調っていく。
　さよならのための助走距離を作ってくれた緋沙子先生は、やはり素晴らしい教師だった。
「じゃあね、莉緒。また連絡するわね」
「はい。先生はどうかご自愛くださいね。あ、性別がわかったら教えてください。私の性
格上、先生への出産祝いは何を贈るのか非常に悩むと思いますので」

「ふふっ、出産予定日は五ヶ月以上も先なのよ？　でも、ありがとね莉緒。わかったらすぐに教えるわね」

緋沙子先生を家の前まで送り届けてから、私は車を走らせつつ今日の日を振り返った。

あの後もいろんな話をしたけれど、先生が特に具体的なアドバイスをしてくれることはなかったし、私も助言やこの先の指針を請《こ》うことはなかった。

これから環境がガラリと変わって関わりが減ってしまうであろう緋沙子先生は、私が先生に依存している現況を変えようとしてくれたのだろうし、私はようやく緋沙子先生への依存を脱却できたのだと思う。

自立した私は、この先自分がどうしたいのかを、自分自身で考えていた。

◇

二学期の終業式は十二月二十三日だった。

「明日から冬休みだね。夏休みのときも思ったんだけどさ、学校に好きな人がいると休みってめっちゃ長く感じられるから嫌なんだよね」

上原さんは当然のように終業式後に第二選択教室にやって来たし、それを予想して彼女を待っていた私は、予想が当たったことに対してうれしさと恥ずかしさを混ぜこぜにした気持ちにさせられた。

　それは「長期休みの前に彼女の顔が見たかったから」という教師らしからぬ理由ではないと、胸中で言い訳をして息を吸う。

「……あの、上原さん」

　いつもの私なら、上原さん以外の生徒相手だったら「冬休みだからって羽目を外しすぎないようにしてくださいね」と当《あ》たり障《さわ》りのないつまらない注意をしていたと思う。

　だけど今の私の頭の中は明日のことでいっぱいだったし、私が彼女に今日会わなければと思っていた理由も、まさにそれだった。

「なに？　先生」

　たった一言〝それ〟を伝えればいいだけなのに、指先も唇も微《かす》かに震えているほどに緊張しているのは、今から私が口にしようとしている言葉が、〝教師として〟のものではないからにほかならない。

「明日のクリスマスイブ……アルバイトに、行かないでください」

　上原さんは目を瞬《しばたた》かせた。急にこんな我儘《わがまま》を言われたら驚くのも無理はない。

「え、なんで？」

「理由は、その、なんと言いますか……」

教師としての言い訳なら、すでに用意していた。

「風紀的にダメです」「アルコールを提供する店でのアルバイトは見逃すわけにはいきません」「危ないでしょう」など、様々なパターンが思い浮かんだ。

だけど教師としての言葉では、上原さんを引き止められないことはわかっている。

どうすればいいのか考えた結果が、

「私が、上原さんに行ってほしくないからです」

ただ素直に、自分の気持ちを伝えることだった。

強制力なんてない。上原さんが聞いてくれたらいいなと願うことしかできないくらいの、微々たる力しか持たない手段だった。

「……あのさー、先生」

大人として、ひどい要望を口にしていると自覚はしている。そんな私を上原さんはどう思ったのだろうか。幻滅されてしまったのではないかと、今更怖くなってきた。

「……バイト前日に行けないって連絡するのって超嫌がられるって、先生も大人ならわかるでしょ？」

上原さんは呆《あき》れているのか、私から顔を背けて淡々と話している。

「う……上原さんが行かないと言ってくれるなら、お母様にもお店にも、私の方から連絡します！」

「いや、そういう問題じゃなくて……はあ。っていうか……やっぱ、無理」

……やはり、幻滅されてしまったか。だけど、上原さんがバイトに行かないと言ってくれるなら……って、

「ううー……ダメだ！　無理！　ニヤニヤすんの我慢できない！」

私の予想に反して、上原さんは今まで見たこともないほどのふやけた笑顔で、私に抱きついてきた。

「う、上原さん⁉　ここは学校ですよ？　誰かに見られたらどうするんですか⁉」

「別にいいもん。先生の方こそ、いいの？　あたしが今ここで喜びパワーを発散できずに我慢した場合、あとで爆発しちゃうかもしれないよ？」

「なんですかその意味不明な脅迫は……」

そんなことを言っておきながら、私は上原さんを突き離せなかった。

気持ちを受け入れてくれた彼女への感謝の念と、終業式後に西校舎まで足を運ぶ生徒は

吹奏楽部の生徒だけだろうという計算の結果、許容した対応である。

……なんで私はこう、理屈っぽいのだろうか。今の心の声が仮に上原さんに聞こえていたとしたら、気持ち悪がられてしまうに違いない。

ただ、「ありがとう」と伝えればいいだけなのに。

そんな簡単なことが、私にとってはこんなにも難しい。

「ねえ、先生。もしかしたら忙しかったり、予定があるかもとは思うんだけどさ……もし、先生が良ければ……明日は、一緒にいてもいい？」

「は、はい。その……一緒にいましょう」

「ほんと⁉　やった！　うわ、どうしよー……うれしー……」

私を抱き締めている上原さんの力が強くなる。

抱き締め返すなんて行為は絶対にできないけれど、今だけは……私は空気の読めない言動を避けるために、発言を控えることにした。

◇

街中がイルミネーションで彩《いろど》られ、各店がセールだのフェアだので盛り上がっているこ

の日。私は自宅でひとり、未《いま》だかつてなくソワソワしていた。

そして、十三時になった。いつもの休日なら読書かネットサーフィンでもしているであろう時間に、インターホンが鳴って背筋が伸びる。

モニターで今日のお客様がお見えになったことを視認する。……うわ、現実味がない。

心臓の音が、小さい子どものように速く鼓動している。

鍵を外してドアを開けると、今日の来客——上原《うえはら》さんがニコッと笑った。

「メリークリスマス、せんせー♡」

上原さんを見た瞬間に「かわいい」と思ってしまった気恥ずかしさと、私服の生徒が家に来るというシチュエーションに罪悪感にも似た感情を覚えた私は、つい素っ気ない応対をしてしまう。

「玄関先で先生と呼ぶのはできればやめてください。通報されてしまいます」

「えー、冷たいなあ。じゃ、お邪魔しまーす」

上原さんが家に来るのは初めてではない。夏休みのあの日、事情があったとはいえ……私は彼女を家に泊めているのだ。

だがあれは、あくまでイレギュラーだった。今日は事前に予定を打ち合わせて生徒を家に呼んでいるのだから、間違いなく私の意志によって行動している。

つまり、言い逃れなど不可能だということだ。

「先生は警戒心が強すぎるって。あたしは別に外でのデートでもよかったのに。ま、家でふたりきりっていうのもテンション上がるからいいんだけどね」

「今日みたいな日に外で会うのはリスクが高すぎますよ……万が一、学校関係者に見られたら大変ですから」

たとえ同性だったとしても、たまたま外で会っただけと弁明したとしても、誰がどう受け取ってどんな風に広めるのかはわからないのだ。

特に今日はクリスマスイブという、世の中では少しだけ特別な日だ。

リスクになる行動は微塵《みじん》もしてはいけなかったのに……と、昨日の決断と今日の罪悪感を反復横跳びしながら、私はついに聖なる夜を迎えようとしている。

「あたしは誰かに見られたとしても、恋人だって思われても問題ないけど？」

リビングルームに入ってきた上原さんがコートを脱いだので、預かってハンガーにかける。彼女が着ている白のハイネックのニットワンピースはとてもよく似合っていたけれど、丈が短いゆえに露《あらわ》になる大腿《だいたい》の白さと細さから思わず目を逸《そ》らした。

制服のスカートだってこのくらいは見えているのに、私服だからか、家にふたりきりだからか、なんだか妙に意識してしまう。

「上原さん自身がいいと思っていても、周りはよしとしないので問題が……」

唇に指を当てられた。

「あたしは昨日からずっと、楽しみにしてたんだけどな。先生は違うの？」

グッと言葉を呑《の》み込んだ。……彼女が悲しそうな顔を見せるのも、もっともだ。私は一体、何をしているのだろうか。

自分から誘っておいて、彼女の予定を奪っておきながらウジウジと考え込んでいるなんて失礼極まりないだろう。

「……私は昨日も、今もずっと、すごく楽しいです。あの、上原さん」

まずは、私の家に来るだけなのにお洒落《しゃれ》をしてきてくれた彼女へ、礼儀という建前で隠して本心を伝えよう。

「今日のお洋服、とても可愛《かわい》らしいですね」

「ほんと？　やった！　ちょっとあざといかなって思ったんだけど、家デートだし気合い入れたんだ」

「ありがとうございます。よく似合っていますよ」

上原さんの目尻がふにゃりと下がった。

「先生って、こういうとき欲しい言葉をちゃんと言ってくれるよね」

「どういうことでしょうか？」

「かわいいって言われたくて頑張ったから、うれしかったってこと！」

ようやく上原さんの表情が明るいものに変わり、安堵《あんど》する。

私たちのクリスマスパーティーが、始まった。


「では早速、パーティーの準備をしますね。とは言っても、冷蔵庫から食べ物を出してテーブルの上に並べるだけなのですが」

ケーキ諸々《もろもろ》、食べ物と飲み物は私の方で用意する約束をしていた。

とはいえ、手料理のスキルが皆無の私にパーティー仕様のご馳走《ちそう》なんて作れるはずもない。社会人として、お金の力で解決する方向で事前に上原さんにも断りを入れていた。

「うわ、すごい！　超美味《おい》しそう！　っていうか高そうなんだけど！」

「大人なので、ここは奮発させていただきました」

ふたりで食べるには大きすぎるローストチキンと、テーブルを占領する量のオードブル。

クリスマスケーキは、ショートケーキとブッシュドノエルの二種類を用意した。

「えー!?　ありがと先生！　写真撮ってもいい？　っていうか、ＳＮＳに上げてもいい？

でもそれって匂わせっぽいからダメかな？」

匂わせの意味がわからない私は相槌《あいづち》を打つだけだったが、年相応にはしゃいでスマホのカメラで写真を撮る上原さんを見ていたら胸のあたりが温かくなってきて、自然に頬が緩んでいた。

それからようやく、ハッとした。料理をする習慣のない私の家に、洒落た皿なんてない。洗い物の手間を減らすために普段は紙皿を使っているくらいだ。

いくら美味しそうな食べ物を用意したとはいえ、写真に残したりSNSに上げたりするならば、盛り付けるのが紙皿では上原さんも恥ずかしいだろう。

……用意しておけばよかった。そもそも、〝あの一件〟の後でうやむやになってしまったけれど、上原さんと一緒に買いに行っておけばよかった。

「いくら料理が豪華でも我が家には洒落た皿がないので……あの、『映《ば》え』にはならないのでは？」

目を瞬かせた上原さんは、私の心配なんて吹き飛ばすような明るい声で笑った。

「あははっ！『映え』って、先生に似合わなすぎる単語！」

「そ、そんなに笑わないでください。……使い方合っていますよね？」

「合ってるけどさ、そんなの全然気にしないでいいのに！あたしは先生と一緒にクリパできるだけで幸せなんだし」

「でも、上原さんと過ごすなんて昨日急遽《きゅうきょ》決まったことなので、予約必須の有名パティシエのケーキなんかは入手できなかったですし……」

「ううん、十分すぎるって！　あ、ケーキはまだ出さないで食後のデザートにしよ！　一回冷蔵庫に入れるね。開けてもいい？」

急に投げられた好意のボールを上手《うま》く処理できずに、照れ隠しのような言い訳が口をつく私に対して、上原さんはずっと楽しそうな笑顔を見せてくれている。

本当に良い子だな、と素直に思う。

「どうぞ、好きに使ってください」

「はーい……うわ、相変わらずなんにも入ってないじゃん！　夏休みのときとデジャブすぎてウケるんだけど！」

いつもはひとりぼっちの静かな部屋に上原さんの笑い声が響いて、私の気持ちは明るくなっていく。彼女の存在が空気の色すら変えていく様を、私はただ感嘆と憧憬の念を抱きながら眺めていた。

「よし、準備できたね。それじゃ先生……」

音頭《おんど》を取る上原さんと目と目を合わせて、微笑《ほほえ》みを交わした。

「「メリークリスマス」」

ジンジャーエールで乾杯をして、私たちのクリスマスパーティーは始まった。

小さいアパートの中で開催されたささやかなパーティーは、本当に、特別なことは何もしなかった。ツリーもない部屋で一緒にたわいない話をしながら、クリスマスっぽい料理を食べただけだ。

十七歳の上原さんにとっては、退屈だったかもしれない。

だけど、私にとっては──

「涼香《すずか》は今日と明日、不破《ふわ》と旅行なんだよ」

「え？　異性との旅行なんて、よく親御さんの許可が下りましたね。時代の変化というものでしょうか？」

「涼香のところが結構特殊かも。家族公認の仲なんだよね、あのふたり」

「そうですか。凄《すご》いですね……私の親なら考えられないことです」

「先生は、初恋の人がずっと好きって言ってたじゃん？　……今も、その人が好き？」

──クリスマスの雰囲気が、そうさせたのだろうか。

誰にも言えなかった私の恋を……全部を話すのは不可能だけれども、上原さんになら話してもいいと思えた。

「いいえ。今はいい友人関係なんです。ただ、ずっと大切に思っている人であることは、今までもこれからも何も変わりません」

「……ずっと大切に思っている人かー……」

「す、すみません。もしかして不快な思いをさせてしまいましたか？」

また人の気持ちを考えない発言をしてしまったと思って慌てる私をじっと見つめていた上原さんは、ふっと笑った。

「ううん、当然嫉妬はしちゃうんだけど……少し、うれしい気持ちもあって。……先生ってやっぱり、好きになったら超一途だよね。……すごく、素敵だと思う」

それは、拗《こじ》らせた私の心に光を浴びせるような言葉だった。思わず、直視できなくなって目を背けた。

これ以上話していたら、何かが〝危ない〟という本能が働いたのだ。

「ねえ、先生。あたしのこと見てよ」

上原さんは私の心が読めるのだろうか。逡巡《しゅんじゅん》しながら顔を上げると、私にとってはいつだって眩《まぶ》しすぎる上原さんが微笑んだ。

「クリスマスイブにケーキとチキンを一緒に食べる相手は、あたしが初めてってことでいいんだよね？」

「そう、ですね。まあ……家族を除くなら」

「へへ、やったあ」

自惚《うぬぼ》れでなければ心からうれしそうな上原《うえはら》さんの顔を見て、言葉にできない何かが胸の奥から込み上げてきた。

ずっと周りの女の子たちの恋の話に入れず、彼女たちの言うような男性に対する胸の高鳴りなんて感じたこともなく。

緋沙子《ひさこ》先生への恋心を自覚しても想《おも》いを伝えられるはずもなく、ただ胸の中に秘めていただけで。

恋愛に対して積極的になれなかった私が——こんなに幸せなクリスマスを過ごせるなんて、思ってもみなかったのだ。

「先生？　どうしたの？　ボーっとしちゃって」

「……いえ、なんでもありませんよ。どんどん食べてくださいね」

ただ、上原さんとはこれ以上の関係に進むつもりもない。こんなに幸せなのに、どうにもならないこともあるのだと同時に切なさも感じていた。

だからこそ、この日のことを一生忘れないようにしようと思った。

「ＳＮＳはやっていませんが、私も写真を撮りますね」

「なんで今⁉　全部食べかけだよ⁉」

上原さんにツッコまれつつも、私は思い出を小さな機械の中に残すことに成功したのだった。


上原さんは最後の苺《いちご》を飲み込んだあと、丁寧に手を合わせた。

「あー、美味しかった。ごちそうさまでした、先生」

「お粗末様でした。……って、私が作ったわけじゃないですけどね」

食べきれないほどの料理を用意したと思っていたけれど、上原さんはケーキまですべて完食した。こんなに細い体のどこに入ったのだろう。若いってすごい。

「口の中がすっかり甘くなってしまいましたね。コーヒーを淹《い》れようと思うのですが、上原さんは飲めますか？」

「うーん、飲めるけどー……自分から進んで飲んだりはしないかな」

「では、ジンジャーエールと烏龍茶のどちらがいいで……」

「先生を好きになるまでは、の話だよ」

私が言い終わる前に上原さんは得意気にそう言って、白い歯を見せた。

「先生がよくコーヒー飲んでるとこ見てたからさ、あたしも好きになりたいなって思って飲むようになったんだ。そしたら同じコーヒーを一緒に飲んで、一緒に『美味しい』って感想を共有できるじゃん？」

「……そう、ですか」

いや、自分でも本当に謎ではあるのだが。

今日はたくさん、上原さんの魅力を知ることができた。舞い上がるような言葉も、たくさん貰《もら》った。

だけど、今のが一番グッときた。たったこれだけのことで、自分でもおかしいくらい胸がときめいていた。

昔、私が緋沙子先生から同じ質問をされたときには「飲まない」の一言で終わった会話。

あれから、私もコーヒーを好きになろうと頑張った。

上原さんが歩み寄って、私を理解しようとしてくれたことがうれしい。

私と同じものを好きになろうとしてくれたことがうれしい。

そう、私は。改めて、実感してしまったのだろう。

——上原さんは本当に、私のことが好きなのだと。

「なんか先生、顔赤くない？　大丈夫？」

「え？　き、気のせいじゃないでしょうか！」

「そ？　ならいいけど。……ね、先生。今日は先生にご馳走《ちそう》を用意してもらったけどさ、来年はあたしにやらせてほしいな。めっちゃ張り切って作るから！」

……「来年」？　上原さんは、来年のことを——私と一緒に過ごす未来を想定しているということ？

幼い子どもが壮大な夢を語るときのような非現実的な話にも思えたが、それは私がネガティブなだけで、実際には三百六十五日後の現実の延長線上にある約束だ。

「ら……来年の今頃は、受験でそれどころじゃないと思いますよ」

浮かれる気持ちを抑えるように、私は捻《ひね》くれた発言をしてしまう。

「でもさ、一緒にごはん食べるくらいならよくない？　モチベにも関わるし！」

「そうですね……はい。勉強の息抜きになるのであれば、またやりましょうか」

人の気持ちなんて、すぐに変わってしまう。上原さんが来年も私のことを好きでいてくれる保証なんて、何一つないけれど。

だけど私は——後に覆《くつがえ》される今このときだけの言葉だったとしても、なんだかものすごく救われたような気持ちになっていた。

「あ、ママからメッセージだ。……あー、よかったあ。今日あたしの代わりにピンチヒッターやってくれたバイトの子が、ビックリするくらい料理上手いみたい。ほら、見て」

上原さんが見せてきたスマホの画面には、私が買ってきたパーティー料理に負けず劣らずの料理が綺麗《きれい》に盛り付けられた写真が写っていた。

……あれ？　何か、引っかかりを覚える。

「あの……一つ、聞いてもいいですか？」

「うん？　なに、先生？」

「……もしかして、上原さんが入る予定だったアルバイトって……キッチン担当だったのですか？」

「え？　そうだけど？」

——うわ、そうだったのかー……。

とんでもない勘違いをしていたことが今更このタイミングでわかってしまい、顔が熱くなった。酔っ払った男性客に体を触られたり口説かれたりしたらどうしようといらない心配をしていた自分が、恥ずかしくて仕方がなかった。

「先生さ、あたしが接客すると思ってたの？」

さすが上原さん、私の表情からすぐに事情を察したようだった。

「……はい、そうです」

「あはは！　だからあんなに反対してたんだ？」

上原さんは私の勘違いがそんなにおかしかったのか、お腹《なか》を抱えて笑っていた。……なんだか上機嫌にすら見えるのは気のせいだろうか。

「安心してよ、先生。あたし、先生を不安にさせるようなことはしないから。こんな優良物件、なかなかいなくない？　恋人にするならオススメだよ？」

「どさくさに紛れて告白はやめてください……もう、キャパオーバーだから……」

上手《うま》い返しをするセンスも余裕も持ち合わせていない私は、しばらく上原さんのからかいにひたすら堪えるしかなかった。

……まあ、いいか。私が勝手に勘違いして空回った結果、今この瞬間、上原さんと過ごすことができているのだから。

この後、上原さんはクリスマスプレゼントにヘアオイルをくれた。

恥ずかしながら人生で使ったことがない私は相場も正しい使い方も何もわからなかった

けれど、その気持ちがうれしくて何度もお礼を告げた。

とはいえ、問題はそこからで。

私はパーティー料理を用意することがプレゼントだと思い込んでいたため、上原さんに手渡せるものがなくて平謝りするしかなかった。

反省していると、上原さんからプレゼントとして『なんでもいうことを聞く券』を強制発行させられた。

「ここぞというときに使わせてもらうから、覚悟しておいてね♡」

そう言って蠱惑《こわく》的に微笑《ほほえ》んだ上原さんが券を発動する日は、一体いつになるのだろうか。

「ここぞという日ってどんなとき？」と聞く勇気がなかった私には、心の準備をしておくことくらいしか対処方法はないわけで。

もしも来年のクリスマスを一緒に過ごすのであれば、必ずプレゼントを用意しておこう。

聖なる夜に私は誓ったのだった。

◇

上原さんが帰宅した後、いつもよりもずっと広く感じる部屋で寂しいと思う感情を認めないように努めながら過ごしていると、スマホにメッセージが届いた。

『今日は楽しかったよ。大好きだよ、先生』

いつだって真《ま》っ直《す》ぐな言葉をくれる彼女に対して、私は一体どんな言葉をあげられるのだろう。

あなたを安心させる言葉だけを、口にできたらいいのに。
あなたを傷つける言葉からは、耳を塞いであげられたらいいのに。
いや、あなたを笑顔にする方法はもっと単純だ。
わかっている。私がたった一言、気持ちを受け入れる言葉を伝えるだけでいい。
それなのに——結局私は、あなたに何もしてあげられない。

私には……あなたの望んでいる言葉を口にすることなんて、できないのだから。

世の中にあるすべてのものが、あなたに優しくあってほしい。

そんな願いはきっと偽善で、あなたは私の一言の方に価値を置く。

だから今日もすれ違う。

私たちが教師と生徒という関係である以上——私とあなたの気持ちが、交錯することはない。

上原メイサ

17歳、高校二年生

大人っぽい印象を与える美人。人を惹きつける容姿ゆえに周囲への影響力は強く、彼女の存在感は無視できない。性格は自他共に認める常識人。莉緒に出会うまで恋をしたことがなかった。

うえはら・めいさ

uehara meisa

character.02

第三章　好きって気持ちが、わからない。

これは、あたしが先生を好きになるまでの物語。

女子高生が同性の教師を好きになるなんて、周りから珍しがられる要素はちょっとだけあるのかもしれないけれど、あたしからしてみたら好きになった人がたまたま筧《かけい》先生だっただけ。ただそれだけの、巷《ちまた》にありふれた恋バナの一つに過ぎない。

この恋は高校二年生の七月、あたしが期末テストで赤点をとってしまったことからはじまった。

☆

「メイサって彼氏と長続きしないよね」って、友達からはよく言われる。
アイドルとか漫画だって、好きになってハマって、飽きたら終わり。はい、次。
皆それが普通でしょ？　なんでそれが恋愛だと許されないみたいな風潮なの？　よくわかんない。

恋愛なんて刹那的なエンタメの一つじゃないの？　あたしまだ高二だし、恋愛以外にも楽しいことといっぱいあるんだけど、恋もしていないとダメなの？

あたしは、恋愛感情における〝好き〟という気持ちがわからない。

もし、本気で誰かを好きになれた日がきたならば——そのときはきっと、あたしの世界は生まれ変わるのだろう。

——なんて、呑気《のんき》にそんな日を待ち続けていたあたしの日常に、激震が走った。


「最悪なんだけど」

その日の放課後。教室の真ん中で、自分でも驚くほど刺々《とげとげ》しい声を出してしまった。

あたしが憂鬱な気分になっているのは、先日行われた期末テストが原因だ。言語文化で赤点を取ってしまったあたしは今日から一週間、放課後に補習を受けなければならなくなってしまったのだ。

「メイサが悪いんだよ？　まさか開始十分で寝ちゃうなんて思わなかったし」

全教科で赤点を回避している、親友の涼香《すずか》は笑う。

あたしだって赤点なんて取ったことはなかった。むしろ成績は上から数えたほうが早かったはずなのに……それなのに！

「だってあいつのせいで寝不足だったし！　人のせいにしているみたいでダサいけど！」

「最近また航《わたる》くんヤバいもんねー。メイサ、大丈夫？　夜ひとりで不安だろうし、しばらくウチ泊まる？」

「ありがと……まだ大丈夫。とにかく今は補習行ってくるね」

「ん。なんかあったら言って。また明日ね」

涼香と別れて教室を出たあたしは、重い足取りで補習が行われる西校舎の第二選択教室へと向かった。


「メイサ」

思わず、顔を顰《しか》めた。ここ最近一番聞きたくない声に呼び止められたからだ。

「げ。航……待ち伏せしてたの？　やめてほしいんだけど」

嫌悪《けんお》感が抑えられずに、顔にも声にも出てしまう。

「こうでもしないと俺と話してくれないだろ。なあ、本当にもう俺たちってやり直せないのか？　そろそろメイサも冷静になってきた頃だろ？」

「しつこい。無理だって何度も言ってるじゃん！」

これだけキツく言ってもこの男は絶対に引き下がらない。あたしを諦めてはくれない。だからつい口調も荒くなってしまう。

「メイサが俺を振った理由も、今ならわかる。だから俺……反省したんだ。今の俺なら、もっと上手《うま》くやれるから」

いつだって自分の都合でしか喋《しゃべ》らず、わかったような顔をしてあたしの気持ちを酌《く》んでくれない航に、どんどん苛立《いらだ》ちが募っていく。

「どうでもいいよ。今からあたし補習だから。じゃあね。もう話しかけてこないで」

ウンザリしながら早足で航から離れた。

……あんなやつでも、一ヶ月前までは一応あたしの元カレだった。

イケメンで優しくて頼りがいがあるって評判だったし、友達として接していたときはいいやつだったし、告白されたときに「この人なら好きになれるかもしれない」って思ったんだけど……やっぱり、ダメだった。

あたしは航のことを恋愛感情を持って好きになることができず、三ヶ月であたしの方から別れを切り出した。

航は付き合っているときから思い込みも束縛もひどかった。

それは別れた今でも変わらず、あたしが航を振ったのは一時的な気の迷いだと決めつけている。自分の悪いところを直せばあたしにまた好きになってもらえるって信じて疑わないでいるせいで、毎日毎日しつこく復縁を迫ってくるのだ。

そのせいで時間は取られるしメンタルもやられるし、今回のテスト勉強には全く身が入らなかった。しかも、言語文化のテスト中にいたってはまさかの寝落ち。人生で初めて赤点を取ってしまったのだった。

今日何度目になるかもわからない溜息《ためいき》を吐《つ》いてから、背筋を伸ばした。

まあ、愚痴っていても仕方がない。余計な課題とか増やされないように先生からの好感度を上げつつ、必要最小限のことだけやってこの一週間を乗り切ろう。

「お願いしまーす」

愛想《あいそ》良く挨拶しながら教室に入ると、補習を担当する国語教師の筧先生はすでに準備を終えて待っていた。

「では早速、補習をはじめたいと思います」

「え、待って。補習ってあたしだけ?」

「はい。一週間頑張りましょう」

マンツーマンという状況と、淡々とした声色に苦笑する。

いつもの授業でもそうだけど、筧先生は「遊び」の部分がないというか、超がつくほど真面目な人だ。雑談をするところなんて見たことがない。

いつも同じような暗めのジャケットと白いインナーにスラックス。一つに括《くく》られている一度も染めたことのなさそうな、手入れのされていない黒髪。

真面目な性格とその容姿が相まって、この学校の生徒なら皆知っている筧先生のキャッチフレーズは『地味で真面目で融通が利《き》かないつまらない教師』である。

こんな人相手に会話で好感度を上げるというのは難問だけど、挑戦。

「ごめんね先生、あたしのせいで帰る時間遅くなっちゃうでしょ？　あたしこの課題頑張って早く終わらせるからさ、時間切り上げない？」

「ダメです。時間は五十分と決められています」

あたしは小さく肩を落とした。普段の先生の授業だったらいくらでもサボれるけれど、マンツーマンの補習だったらちゃんとやるしかないか。

そう、筧先生はとにかく生徒に舐《な》められている。先生の授業中は寝ていてもスマホを触っていても、全然注意されないことで有名だ。

生徒にちゃんと注意できないって教師としてダメだと思っているあたしは元々、筧先生にいい印象を抱いていない。それにここに来てから数回の会話でもう、先生とは人種が根本的に違うから相容《あいい》れないと判断した。

好感度とかはもう諦めたあたしは、鞄《かばん》の中からタブレットを取り出した。どうせ早く帰れないならテキトーでいいかと考えながら問題をダラダラ解いていたものの、思っていたより難しくて眉間に皺《しわ》が寄った。

あー、もう。マジで最近いいことない。

あたしは半ばヤケクソになって問題を解いていった。


「時間です。解説をはじめます」

三十分が経過した頃、先生は立ち上がった。

まずは筆者についての説明、それから本文の意図をすらすらと話してから、あたしが見事に間違えた問題のポイントと解き方を解説していった。

なんの引っかかりもなく解説を聞けるあたしって賢いじゃん、と最初は思っていたけれど、すぐにその理由に思い至る。

……あれ？　ちゃんと聞いてみると、先生の授業ってわかりやすい？

っていうか、補習があたしひとりってことは、先生の授業では皆赤点を取らなかったっってことになる。別の国語教師が担当している他のクラスでは、赤点を取った生徒は複数人いるらしいと聞いている。

一年のときからずっと筧先生が担当だったからわからなかったけれど、もしかして先生って……授業が上手い方だったりするのだろうか。

じゃあ、どうしてサボる生徒を注意しないんだろう？　もっと厳しくすれば担当クラスの成績はグッと伸びて、先生自身の評価に繋《つな》がると思うんだけど。

「なんで先生って、授業中に寝ている生徒がいても怒んないの？」

「勉強はするもしないも本人の自由ですから。大人になるにつれ増えていく自由をどう使っていくのか、学生のうちはそれを考えるのも大切だと思っていますので」

「へー……先生っぽいこと言うじゃん」

「教師として、大人として、子どもに教えられることがあれば伝えますよ。話が逸《そ》れましたが、残り十分です。解説を続けます」

授業と雑談が混ざらないようにしっかり線引きされると同時に、大人と子どもは立場や視点が違うのだという、別の太い線も引かれた。

残り時間、あたしは〝向こう側〟の世界にいる先生の声を聞いていた。

高すぎず低すぎず、落ち着いた聞き取りやすい綺麗《きれい》な声をしていることにも、初めて気がついた。

☆

補習の時間が終わった。放課後の教室にはあたしと先生しかいなくて、タブレットはすでに電源を切って机に置いてある。

「ちょっとネカマしたら永遠に語り継がれるとか、黒歴史すぎてかわいそー」

「上原《うえはら》さんは今日の補習の理解が足りていないようですね」

「いや、ちゃんとわかってるよ？　でもかな文字を使うからって女のフリをして書いたとか意味不明。紀貫之《きのつらゆき》って偉い人なんでしょ？　やっぱストレス溜《た》まるのかな」

「まさか、ストレス発散のために女性のフリをしたと解釈しているのですか？」

「違うの？」

「……明日もう一度復習しましょう。平安時代の文学の背景についても話します」

最初は打算で先生と仲良くしようと考えていたあたしのほうが、先生に対する好感度が上がっていた。親友の涼香ともちょっと違う先生との距離感がなんだか心地《ここち》よくて、どうでもいい会話で時間を潰すくらいには。

だから、質問に深い意味はなかった。

赤点をとったせいでこれから一週間マンツーマンで補習を受けるわけだし、先生は新卒二年目で歳《とし》も近い方だし、ちょっとしたコミュニケーションの一環だった。

「ねえ、先生って彼氏いるの？」

「いいえ、いません」

先生は言いよどむことももったいぶることもなく、淡々と答えた。

「そうなの？　ま、実際はいるんだろうけど、大人だし教師だし生徒《あたし》には言わないよね」

「いいえ、本当に……彼氏なんて、いないです」

そう言い切るくせに、何かを隠しているような、含みのある表情だった。

皆から「何を考えているのかわからない」と言われている温度のない瞳の奥からは、先生の真偽も感情も読みとれはしない。

「じゃあ、初恋の話は？　先生の歳だと、大昔だろうし？」

わざわざ〝大昔〟なんて強調したのは、大人の先生を冷やかすつもりだったからだ。だけど冗談の通じないこの先生は、いたって真面目な顔で言う。

「……初恋の定義って、どうなのでしょう？　相手に対する好意が冷めたら終わりなのか、相手が誰かと交際をはじめたら終わりなのか……」

「え？」

「終わったものだなんて決めつけるのは、よくないのでは？」

――このとき、あたしは直感した。先生はずっと、同じ人のことを思い続けているのではないか、と。

そして察した瞬間に、問わずにはいられなかった。

「先生は今も、初恋の人のことが好きなの？」

決して、好奇心からくる冷やかし目的の質問ではない。

もし、先生が首肯するならば……あたしの〝悩み〟を聞いてほしいと思ったのだ。

「好きですよ。あの人が結婚したり、私のことを嫌いになったりしたとしても、私はきっとずっと……好きなのだと思います」

淡々とした口調や声音は、授業のときとまるで同じだった。きっと〝その人〟を好きっていう事実は、先生にとって当たり前のことなのだろう。

授業とは関係のない生徒の質問なんていくらでも適当に流せるっていうのに、真正面から向き合って真摯に答えてくれるなんて。

あたしは今までこんな不器用で誠実な大人、会ったことがなかった。

「私の話より上原さんです。あまりこういう注意はしたくないのですが……恋愛は楽しいかと思いますが、恋愛以外をないがしろにするのはよくないです」

「え？　なんの話？」

「衣笠《きぬがさ》くんと交際していることは教師陣の耳にも届いていますよ。上原さんが今回の期末で赤点を取ったのは、恋に夢中になっていたからでは？」

「ち、違うし！　だって、だってあたし……人を好きになる気持ちって、よくわかんないし……！」

それは、親友の涼香《すずか》以外には誰にも言ったことのないあたしの秘密だった。

「……あれ？　きゅ、急にごめん」

口にしたあたしが一番動揺していた。心拍数は上がり、声は上ずっている。

先生は、いつものポーカーフェイスを崩して目を見開くくらいには驚いているようだった。

「そうなのですか？　……それは私が聞いてもいい話なのでしょうか？」

「うん……ってか、もう言っちゃったし！」

「……つまり、上原さんは衣笠くんのことも好きかどうかわからないまま、付き合っているということになるのですか？」

「付き合って〝いた〟、ね。もう別れてるから。告白されて、航《わたる》ならいいやつだし好きになれるかもって思ってたんだけど……でも、一度も好きだって思えなかったんだ。あたし最低でしょ？」

航に限らず、熱心にアプローチされれば付き合ってしまうのは、あたしが心のどこかで焦《あせ》っているからに違いなかった。

恋愛経験がないってバレると、高二のあたしですら「まだなの？」みたいな、ちょっと見下される空気になる。

だから皆嘘《うそ》をつく。好きな人がいる。彼氏がいる。セックスの経験がある。プレゼントに何を貰《もら》った——それがステータスの一つっていうか、羨ましがられる要素になるからだ。

でもそんな風に打算的に交際をしてみた時点で、上手《うま》くいかないのは火を見るよりも明らかだった。あたしは今までの彼氏と一度も長続きしたことなんてないのだ。

「最低だなんて思いませんよ。ただ、意外だとは思いました。上原さんは綺麗で目立つ容姿をしていますし、人気があるのでしょう？　数多くの恋愛をしてきたものだと、失礼ながら先入観を抱いていました」

「まあモテるのは否定しないけど、実際に付き合った人は少ないよ。付き合ってみても結局、好意を素直に受け取れない罪悪感で別れを切り出しちゃうし……ほんと、こんな自分が嫌になる」

「なるほど、とても真面目なんですね。上原さんへの評価を改めないといけません」

「いいよ別に。外見で判断されるのは慣れっこだし」

スカートを短くしたり派手な格好をしたりするのは、あたしが自分のために好きでやっていることだ。それなのに「遊んでるでしょ?」と中身まで一括《ひとくく》りにされて決めつけられるのは、しょっちゅうだった。

ギャルとかオタクとか教師とか、属性に対する偏見って結構皆持ってるっぽくない？　あたしがこういう格好をするようになったのは中学のときのいざこざが理由だけど、見た目が派手になってよかったことは結構ある。外見だけで寄ってくる下心のありそうな男とか、偏見を持って見下してくる男の判別がしやすくなったこともメリットの一つだ。

警戒心の強いあたしにとって「わかりやすい」のは役に立つ。告白されたときに相手の意図を読み取りやすいから便利なのだ。

相手が望んでいることがわかれば、合わせることも拒否することも理知的に判断できる。無駄なやり取りはできるだけ避けたいし。

先生みたいに大人になってくると、見た目だけじゃなくて職業っていう肩書も見られるようになるのだろう。ある意味便利だとは思うけど、固定観念とか先入観に左右されることも増えるのだろうと考えると、面倒くさそうだ。

「ねえ、先生は結婚とかも意識しないといけない歳じゃん？　やっぱ、周りの動きとか変わってくるの？」

「そうですね……私の場合は親がなんとか相手を見つけようと動きはじめているので、困っています」

友達は彼氏がいるって話をすると親が反対してくるからウザいって言うけど、適齢期になると親も真逆の反応になるらしい。……なんか、納得いかない。

「あのさ、先生。補習の時間が終わってからでもいいから、これからもいろいろ話聞いてくれる？　同世代の友達には言えないことって多くて」

あたしの周りにはいないタイプの人と話すのは、とても刺激的だった。

それに、単純にもっと先生と話したいと思った。初恋の人を今でも想《おも》う一途《いちず》な先生と一緒にいたら、人を好きになる気持ちがどんなものかわかってくるかもしれないし。

「……生徒から頼まれたら、断るわけにはいかないですね」

「さっすが先生！　頼りになるね♡」

立場を利用したあたしのズルいお願いを、先生は評判通りの生真面目さで引き受けてくれた。

学校の先生と秘密を共有しているっていう特別感？　新しいことを始める前の好奇心？　全然上手く表現できないけれど、あたしの胸の中には知らない名前の絵具《えのぐ》をすべて混ぜてみたような、見たことのない色が広がっていた。

☆

補習のあとの先生との雑談は、想像以上に楽しかった。

先生とは七歳離れているからジェネレーションギャップみたいなものはあるのだろうと思っていたあたしは、遥《はる》かに予想を裏切られた。

「上原さん、唇に油がついていますよ。お昼に唐揚げでも食べましたか？」

「唐揚げ⁉　これ、グロスなんですけど⁉」

「す、すみません。お化粧は本当に、全然わからなくて……」

先生とは生まれも育ちも価値観も、趣味も嗜好《しこう》も本当に何もかもが違った。同じなのってたぶん、人間の女だってところしかないと思うほどだった。

「どんだけ疎《うと》いの……ね、先生。自分を変えたいと思わない？」

「何かの勧誘ですか？」

「ボケなのか真面目なのかわかんないんだけど!?　爪、可愛《かわい》くしようと思ったの！　慣れていないだろうしポリッシュでいいよね？」

「おまじないでもするのですか？」

「もー、違うって。ちょっと、手出して？」

「爪に何か塗るってことですよね……大丈夫なのですか？　万が一の際に血中酸素飽和濃度を測ることができなくなるって聞きますが」

「今はオシャレを優先してくださーい。好きな色ある？　ピンクでいい？」

先生の爪はイメージ通り、綺麗《きれい》に短く切り揃《そろ》えられていて爪切りの必要はなさそうだった。いつも持ち歩いているコスメポーチの中から取り出したシャイナーで表面を磨き、下準備を終えてからベースコートを塗っていく。

……っていうか、手を動かしているとどうしても無言になってしまう。会話がない分、先生の手と指先ばかりに集中しているわけだけど……細くて長い指をしているな、と思った。先生って指輪は何号なんだろう。

たぶん、身長は百六十後半でしょ？　地味だけど小顔で脚が長くてスタイルがいいって生徒たちからも言われているし、もっとオシャレに気を使えばいろんなファッションも楽しめそうなのに。超もったいない。

「よし、おっけー。乾くまでそのままね。触らないように気をつけて」

「待ち時間がもったいないように思います。落ち着きませんね」

「美は一日にして成らずって言うでしょ？　子どもじゃないんだから少しくらい待ちなよ」

「ローマは一日にして成らずの間違いでは？」

「……それを起源にモジった言葉なのは間違いないんだけど、そこツッコむ？」

『地味で真面目で融通が利《き》かないつまらない教師』という先生のキャッチフレーズが、脳裏を過《よぎ》る。

「ね、乾くまでの時間、ちょっとだけ顔もやっていい？」

それでも、あたしはスイッチが入ってしまった。先生の秘めたポテンシャルを前に、好奇心が止められなくなっていた。

「嫌だと言っても、強行しそうですね。……あまり派手にはしないでくださいね？」

「やった、任せて」

ワクワクしながら再びコスメポーチを取り出した。ファンデを取り出し、椅子に座る先生を真正面から見つめる。

「……やば。先生、ほんとにスッピンじゃん」

「日焼け止めクリームくらいは塗っていますよ」

いや、肌綺麗すぎない？　二十四歳でしょ？　ファンデ要らないなんてありえるの？

「……じゃあ、はじめるよ。眼鏡とって」

あたしの指示に従って眼鏡を取った先生を見て、不覚にも目が離せなくなった。

——やっぱり、あたしの目に間違いはなかった。

一年以上授業を受けていても、ここ一週間マンツーマンで補習を受けていても、今まで気づかなかった。いや、もしかしたらこの学校で知っている人はいないかも。

——先生が、とても美人だってことに。

「上原《うえはら》さん？」

呼びかけられてハッとする。思わず見惚《みと》れてしまったなんて自分でも信じられなかった。

「ご、ごめん。目瞑《つぶ》って」

従順に目を閉じた先生の肌に、薄く粉を塗る。アイシャドーで立体感を作って、瞼《まぶた》の際にアイラインを引くと一気に派手な印象を与えられる。睫毛《まつげ》が長いからビューラーが使いやすい。簡単に上がった睫毛にロングマスカラを塗ったら、完成だ。

「簡単にだけど、仕上げてみた。先生の年齢とか雰囲気に合わせてメイクしたつもりなんだけど、どう？」

鏡を見た先生は、いつもと違う自分の雰囲気に戸惑いつつも満足しているようだった。

「ありがとうございます。……これなら、可愛いって思ってもらえるでしょうか？」

メイクの魔法に当てられて油断したのか、先生はあたしの知らない初恋の人に対する恋心を垣間見せた。

普段とは違う、照れの入った声音。いつもの先生なら、絶対に言わないであろう言葉。

生徒に対して笑った顔なんてめったに見せない先生が、今、無防備に頰を緩めてる。

「……ちょっと待って？」

なんだろう、この気持ち。

「なんですか？」

「少し、直すね」

メイクを直すという名目で、もっと見えるように先生に近づいた。

ロングマスカラはブラウンにして正解だった。虹彩《こうさい》の薄い先生の瞳を際立《きわだ》たせるように、睫毛は光を取り込んで透けていた。我ながらいいセンスだ。

「うん……なんでもない。先生、ちょー綺麗だよ」

さっき覚えた違和感はきっと、いつもと違う先生を見たせいなのだろう。

☆

翌日は、友達の間で流行《はや》っている願掛けが話題になった。

「先生もこれやってみたら？　この人をスマホのホーム画面にすると、恋愛運が上がるんだってさ」

あたしが印籠《いんろう》のように先生に見せたスマホの画面には、ピンク色の服を着た金髪の婦人が映し出されている。

先生の眉間にきゅっと皺《しわ》が寄った。

「この人、コメンテーターのマカオさんですよね？　スマホを見るたびにこんな派手な人を見るなんて疲れてしまいそうです」

「でも効果あるっぽいよ。あたしも、あたしの周りの友達もみんなやってるし」

「上原さんには効果があったのですか？」

「……今のところないけど」

好きになれるような男が現れたわけでもないし、相変わらず航《わたる》には付き纏《まと》われているし、今のところ恋愛運が上がったとは思えない。

「じゃあ、上原さんに効果があったら教えてください」

「あー、全然信じてないでしょ？」

先生はクスッと笑った。

「上原さんって意外と、子どもっぽいですよね」

今まで見たことのない、あたしをからかうような悪戯《いたずら》な目元にドキッとした。授業中は能面みたいなのに、こんな顔もするんだ。

普段は結構大人っぽいって言われているあたしだけど、子どもっぽいと言われて嫌な気持ちにはならなかったのは自分でも驚きだった。

「先生よりは子どもだけどさー、ネイルとかメイクとか、あと流行りものとかはあたしが先生に教える立場じゃない？」

「そうですね、上原さんには私の知らない世界をたくさん教えてくださって感謝しています。来週でいよいよ補習も終わりですね。あと三日、頑張りましょうね」

先生の言葉で、あたしは先生とのこの時間が期限付きであることを思い出した。

先生に会う理由が、なくなる。先生との繋《つな》がりが、一つ消える。

そう思ったら、焦燥感みたいなものに掻《か》き立てられていた。

「えー……いろいろ話聞いてくれるって言ったのに、補習が終わったら終わりってひどくない？」

「話はこれからも聞きますよ。ただ、私は上原さんの悩みに対してアドバイスできるような経験値を持ち合わせていないので、あまり意味はないかと思います」

下手に上から目線の助言を口にする大人よりはよっぽど信頼できる。それなのに、あたしの先生に対する信頼度が上がるほど、先生からは遠ざけられているような気がしてならなかった。

「……先生はあたしと喋《しゃべ》るの、面倒くさかった？」

「面倒くさいだなんて、一度だって思ったことはありませんよ。どうしたんですか？　急に不機嫌にならないでください」

……全然自覚なんてなかったけれど、今のあたしって不機嫌そうに見えているの？

補習がはじまってから今日まで、あたしは自分でも経験したことのないような感情を、何度も先生に引っ張り出されている。

戸惑うけれど、不快じゃない。むしろそれを求めているような欲すらある。

この気持ちは一体、なんだろう？

全然わからない。わからないけど、答えの出ないまま放っておくのはダメだと本能が告げている。

先生のことをもっとよく知れたなら、わかることなのだろうか。

「……ねえ、先生はどうして先生になろうと思ったの？　子どもが好きそうな感じでもないのに」

相手のことをもっと知りたいと思って行動するのが不慣れなあたしは、「今さら？」と思われそうな質問をしていた。

だけど先生はいつも通り、あたしの質問には真摯に答えてくれる。

「……恩師がいるんです。恩師の――緋沙子《ひさこ》先生は、高校時代の担任でした。本当に素敵な方で、先生の考え方や優しさに触れた私は『緋沙子先生みたいになりたい』という憧れを抱きました。だから私は、自他共に向いてないと言われながらも教師になる道を選んだのです。案外単純でしょう？」

今までのトーンとは違う、穏やかで、かつ情感のこもった声色。それだけで、大切な人の話をしているのだと察した。

先生の人生を決めてしまえるほどの魅力と影響力を持つ〝緋沙子先生〟に、またしても言語化できない感情を抱いた。

さっきとは違って気分のいい類のものではないのは確かで、あたしはせっかく話してくれた先生に対していいリアクションができずにいた。

「……すみません。将来の夢を決めるにあたっての参考には、ならないと思います」

モヤモヤが表情に出てしまっていたのか、先生は申し訳なさそうな顔をした。

「ごめん先生、そういう意味じゃなくて。……えっと、その緋沙子先生？ってさ、どんな先生なの？ 今でも連絡取ってたりする？」

「たまに一緒に食事をしたりしますよ。友人も恋人もいない私が唯一、連絡を取り合う人ですね」

「………ふーん………」

「やっぱり不機嫌そうじゃないですか」

苦笑する先生ともう一度デジャヴみたいなやり取りをしてから、あたしは教室をあとにした。

☆

筧《かけい》先生の授業はいつだって、皆の息抜きタイムにされている。今日の授業も居眠りをする生徒、スマホを触る生徒が大半だった。

マンツーマンで補習を受けるまでは知らなかったけれど、先生が授業のときに使っているノートにはびっしりと手書きの文字が書かれていて、どうすればあたしたちがもっと理解できるのかを常に研究しているかのような丹念な予習の跡が見られる。

先生はわかりやすい授業を常に心掛けて、準備を怠らないことを今のあたしは知っている。それが先生にとっては当たり前の習慣なのだとしても、あたしからしてみたら信じられないというか頭が下がる思いだったし、今まで適当に授業を聞いていたことを申し訳なくも思った。

だからちゃんと授業を聞けば、もっと皆の成績も上がるのに。この授業態度で赤点取らないって自分たちの実力だけじゃないからね？　先生の授業のわかりやすさも手伝ってるんだからね？

……と、あたしはすっかり先生の保護者目線に立っていた。自分でもこんなに変化した心境に驚く。少し前まではあたしも皆と同じだったというのに。

授業は滞りなく進んでいたけれど、後半に差し掛かった頃に空気が変わった。

誰かが授業に関する質問をして、それから少しずつ脱線していった。どうでもいいような会話のボールを投げられて上手に返せずにいる先生を、あたしはなんだか面白くない気持ちで見ていた。

「筧先生って休みの日は何してるんですかー?」

「授業に関係のない話はするつもりはありません」

「うわ、冷てえな先生。生徒として知りたかっただけなのに、俺傷ついちゃったよ」

あのお調子者、ふざけんな。授業時間を少しでも潰したいって理由だけで、先生のプライベートを容易に詮索すんなっつの。

「先生って彼氏とかいないのー?」

別の男子が問いかけた。明らかにからかっているのがわかる声音だ。あたしは不快な気持ちを自覚していた。

なんて我儘《わがまま》なんだろう。あたしだって、補習のとき同じ質問をしたくせに。

先生の恋バナを誰にも聞かせたくない。あたしと先生だけの秘密にしていたい。

子どもみたいな感情の芽生えに気づきながらも、認めたくなくて、ただイライラとした気持ちを持て余す。

「いい加減にしてください。私は——」

「ねえ。そういう質問ガキみたいだからやめなよ」

持て余すと表現したけれど、自分の中に抑え込むという発想も器もあたしにはなかった。

怒っているのを隠さない態度で口に出すと、クラスメイトたちは驚いたようにあたしを見て、教室は一瞬しんとなった。先生に向けられていた視線が、あたしに集中している。

「メイサ、今日は真面目じゃん」

お調子者がニヤニヤしながら話を振ってきた。ウザいと思ったけれど、今だけは仕方なく相手する。

「だってあたし、もう補習ヤダし」

「そういえばメイサ補習組だっけ。あれ？　他に誰が受けてんの？」

「わかってて聞いてるでしょ？　あたしだけですけど？」

教室が笑いに包まれる。普段はこういうキャラじゃないんだけど、注目の矛先をあたしに向けるのが目的だから仕方がない。

「ってわけだからさ、先生、早く授業進めてよ」

「あ、はい。わかりました。では次の……」

授業が再開された後、一度だけ先生と目が合った。

だけどなんだか気恥ずかしくて、あたしは目を逸《そ》らしてしまった。

☆

昼休み。涼香《すずか》と一緒にお弁当を食べていると、予想していた通りさっきの言語文化の授業のことを聞かれた。

「ねーメイサ。なんで筧先生を庇《かば》ったの？」

「言ったじゃん、あたしもう補習嫌なの。別に先生を庇ったわけじゃない」

「ふーん、そうなんだ」

涼香はそれ以上何も言わなかった。優しさなのか鈍感なのか判断できない涼香の対応に甘えて、あたしも口を閉ざした。

涼香は元気で明るくて、学校でもムードメーカー的な存在になっている。

裏表がないっていうか、思ったことをすぐ口にするところがあるからトラブルメーカーでもあるけれど、人当たりがよくて普通に可愛《かわい》いからイケメンで優しい彼氏もいる。

「それ、不破《ふわ》とお揃《そろ》いで買ったっていうピアス？　いいじゃん、似合ってる」

涼香の顔がパッと明るく輝いた。

「でしょー？　颯真《そうま》くんと一緒に選んだのー♡」

彼氏のことを話すとき、涼香の可愛さは一層増している気がする。

ネットとかテレビで『女は恋をすると輝く』みたいなフレーズを聞くたびに、あたしは冷ややかな反応をしてしまうわけだけど、涼香を見ていると信ぴょう性が上がる。どこかのブランドのアンバサダーにでも就任すれば効果あるんじゃないかな。

なんて考えていたら、「涼香」と呼ぶ低い声がして、あたしたちは同時に顔を上げた。

「教科書ありがとう。助かった」

噂《うわさ》をすればなんとやらだ。涼香の彼氏の不破颯真が、英語の教科書を返しにやってきた。

「どういたしまして。今度のデート、何買って貰《もら》おうかな？　Pior のボディクリームが気になってるんだよね」

「高いレンタル料だな。でも誕生日も近いし、考えておくよ」

涼香と不破は入学して早々にくっつき、付き合いはじめてから一年経《た》っても仲がいい校内でも有名なカップルだ。あたしが目の前にいるのにもかかわらず、ふたりは体を寄せ合ってイチャイチャしはじめた。いつものことなのであたしも気にせず、卵焼きを口に入れて咀嚼《そしゃく》する。

涼香に対して柔らかく微笑《ほほえ》んでいた不破は、あたしの方をみるなり真面目な顔をした。

「……航《わたる》、最近どう？　まだ上原《うえはら》にしつこく迫ってる？」

「あー、うん。この間も補習行くときに待ち伏せされた」

「そうか……やめとけって言ってるんだけどな。俺からもまた言っておく」

「ありがと。あたしが何言っても全然聞き耳持ってくんないからさー、助かる」

不破はあたしが航と別れた後のいざこざについて涼香と一緒に話を聞いてくれたり、男視点からの助言や苦言をくれたりする。さらにそれだけではなく、同性の立場から航の行動を咎《とが》めて忠告までしてくれる、とてもいいやつなのだ。

涼香という彼女がいるのにもかかわらず、それでも不破が女の子にキャーキャー言われてモテているのは、こういうところが理由なのだと思う。

「颯真くん、相変わらず優しい～！　そんなところも大好き～！」

涼香が不破の手を握って、不破は笑ってその手を握り返す。第三者から見るととても幸せそうな何気ない恋人同士のスキンシップを、あたしは航や過去に付き合ってみた彼氏と試してみたことはあったけれど……幸福感みたいなものは感じなかった。

「メイサにも早く夢中になれる彼氏ができればいいのにね」

さらりと口にされたけれど、それがあたしにとってどれだけ難しいことなのかはきっと、涼香にはわからないのだろう。

いつだって眩《まぶ》しく輝く友人の見ている世界を、見てみたい。〝向こう側〟を経験してみたいと思ってはみるものの、思うだけだ。あたしは涼香みたいに、そこまで誰かを好きになれるとは思えない。

今はまだいい。だけど、これから先おばあちゃんになるまでずっと誰も好きになれなかったらどうなるの？

皆が結婚して子どもを産んで孫とかに囲まれているなかで、あたしは老眼と格闘しながら一日中スマホ見てんの？

「どしたのメイサ？　ボーっとして」

「……ちょっと老後のこと考えてた」

「女子高生の悩みじゃないよ！」

恋とか幸せの話をしていたはずなのに、どうしてこうなった？

☆

翌朝、教室に入るとあたしの席には涼香が座っていた。そしてあたしの姿を認めるやいなや、泣きそうになりながら抱きついてきた。

「聞いてよメイサ！　颯真くん、浮気《うわき》してたかもしれない！」

直接話したかったらしく昨夜はメッセージを送るのを我慢していたという涼香は、堰《せき》を切ったように不破への怒りを感情的に喋《しゃべ》り続けていた。相当ご立腹のようだ。

「いや、ちょっと落ち着いてよ。最初に『かもしれない』って言ってたじゃん？　どういうこと？　黒確定ってわけじゃないってこと？」

「一年女子と一緒にいるところ見ちゃったの！　颯真くんのこと問い詰めたらさあ、この間その子に告白されたんだって！　わたしに隠してたのが余計にムカつく！」

「え……なんで？　涼香に余計な心配かけたくなくて、言わなかっただけじゃないの？」

「メイサまで颯真くんと同じこと言うー！　そんなの男側の都合のいい言い訳だし！　やましい気持ちがなければ、普通は彼女であるわたしに報告してくるはずじゃん⁉」

憤《いきどお》る涼香が同意を求めていることは理解しているけれど、あたしはたった一言「そうだよね」と言ってあげられなかった。

嫉妬って、相手を独占したい気持ちから生じるものだと思う。

だからあたしは、他人に対してその感情を抱いた経験がなかった。簡単に涼香の気持ちを理解したフリをするのに抵抗感があったのだ。

もちろん、上辺だけの言葉を口にすることは可能だ。他の友達相手にだったらいつもやっている手法でもある。

だけど、いつも本音でぶつかってくれて、ありのままのあたしの姿を受け入れてくれる涼香にだけはやりたくなかった。

「……正直、嫉妬……みたいな気持ちって、あたしにはよくわかんない」

嘘偽《うそ》りのない本心を告げる。そのことに対して涼香は不満そうな顔を見せるわけでも文句を言うわけでもなく、「そっか」とすんなり受け止めてくれた。

「わたしが一番ムカついているところはね、颯真くんがわたしと帰るのを『ちょっと用事があるから』って断ったことなんだよね」

「嘘《うそ》つかれたのがしんどいってこと？」

「それはもちろんだけど……どんなときでもわたしを一番に考えてほしかったの。優先してほしかったの！」

不破にも涼香には言えない何かしらの事情はあるだろうし、涼香の言い分は少し我儘すぎるように思うのは、あたしが第三者だからだろうか。泣いたり怒ったり目まぐるしく表情を変える親友を、一歩引いたような目で見ることしかできなかった。

一日中テンションが安定しなかった涼香は、放課後に不破と話し合いの場を設けたらしく、ホームルームが終わるとすぐにバーサーカーとアサシンの両属性持ちみたいな表情で教室を出て行った。

結果は一体、どうなるのだろうか。明日……いや、今日の夜には涼香から連絡がくるだろうから、それまでは健闘を祈るしかない。

涼香のことばかりを考えてはいられない。

——あたしはあたしで、今からちょっと気合いを入れたいし。

☆

今日は補習の最終日だ。

たった、一週間だった。一週間前は面倒くさい、早く終わってほしいとしか思わなかったのにどうしてだろう。

今のあたしは、先生との補習が終わることを少し寂しいと思っている。

朝起きて、学校行って、バイト行ったり、遊んだり。そんな日常のルーティンの中に入ってきた補習は、最初は単なるイレギュラーの一つだったのに。

自分でも笑ってしまう。たった一週間で、人間ってこんなにも気持ちが変化するんだ。

「上原さん？　集中していますか？」

「うん、ちゃんとやってるよ。あとちょっとで終わるから」

最終日は追試だ。あたしの頭の出来がいいのか、先生の教え方が上手《うま》かったのか。開始三十分でテストはほとんど解き終わり、別のことを考える余裕すらあるくらいだった。

あたしは先生の驚く顔が見たいのと褒めてもらいたいという気持ちがモチベーションとなって、満点を目指してとてもやる気になっていた。

残る問題は、あと一問だ。

この問題を解き終えたら、この補習が終わったら、あたしは……。

「あ……筧《かけい》先生、少しいいですか？」

ふたりきりの空間に突然差し込まれた第三者の声に、ハッとして顔を上げた。教室の前の扉——先生に近い方の入り口に、ひとりの女生徒が立っていた。

四組の多田野《ただの》さんだ。顔と名前は知っているけれど、タイプが違うし交流もないから友達と呼べる間柄ではない。

多田野さんの長めの黒い前髪の中に覗《のぞ》く瞳が、ちらりとあたしを一瞥《いちべつ》し、もう一度先生に向けられた。出直すつもりはなさそうだけど、でも今は補習中だし、真面目な先生はきっと彼女を追い出すはずだ。

「すみません上原さん、進めておいてください」

思わず「え？」と声が出そうになった。あたしじゃなくて、多田野さんの方を優先するってこと？　なにそれ、おかしくない？　そんなに重要な話でもするの？

——先生には最初に伝えなきゃと思って……。

——よかったですね。何度も司書さんを説得した多田野さんの熱意が……。

気もそぞろで問題に全く集中できなかった。

ところどころしか聞こえてこない話から推測すると、どうやら多田野さんが図書室にリクエストしていた本がようやく入荷された？　みたいで、同じ作家が好きな先生に一番に伝えたかった……って感じだろうか。

いやそれ、補習中にやってきてまで話すことじゃなくない？　そんなに急ぎの用だとは思えないけど？

でも、伝えてもらった先生の顔はとてもうれしそうだった。先生が本好きだってことを、あたしは初めて知った。

……なんだろう、この気持ち。面白くない。っていうか、今はあたしとの時間じゃないの？

土佐日記《とさにっき》の最後の問いに対して、『子を失う悲しみ』と解答を書き込もうとして、手が止まった。

今のあたしのこの気持ちって、先生があたしよりも多田野さんを優先したことが悲しいってことなのだろうか。それは少し当てはまらないっていうか、違う気がする。涙が出そうとか、もう何もかも嫌とか、そういう感じじゃないし。

なんというか……あたしとの時間を優先してほしい。あたしを最優先してほしい。


──先生が一番大切に想《おも》っている生徒は、あたしであってほしい。


この気持ちが一番近い気がするけれど……もしそうであれば、あたしってものすごく我《わが》儘《まま》じゃない？

不破《ふわ》の浮気を疑う涼香《すずか》と話していたとき、あたしは涼香に対して「我儘すぎない？」と思った。だとすると……我儘で自分勝手で、独占欲丸出しのこんな気持ちこそが〝嫉妬〟なのだろうか。

自覚した瞬間、一気に顔が熱くなった。

あたし、別に先生と付き合っているわけでもないのに、ヤキモチとか何様のつもりなんだろう。自分こそが世界の中心であると思い込んでいる幼い子どもみたいで、恥ずかしくなってくる。

……でも、どうして先生なんだろう。七つも年上だし、大人だし、っていうか……そもそも、女だっていうのに。

涼香のエピソードを聞いているうちにどこかでこんがらがっちゃって、あの子の不破に対する恋愛感情が、あたしの先生に対するよくわかんない気持ちとどこかで混線しちゃったのかもしれない。

だって……まさか、あたしが先生に恋なんてするわけがない。

「上原《うえはら》さん、時間です」

先生に声をかけられて、我に返った。

気がつけば多田野さんはいなかったし、テストの時間も終わっていた。

「え、ウソ⁉ 終わり⁉ あと五分ちょうだい！」

「ダメです、回収します。……あ、でも最後の問題以外解答欄は全部埋めていますね。採点するので少し待っていてください」

慈悲なく答案用紙を回収した先生が採点している様子を、盗み見る。

一週間前までは地味で真面目でつまんない先生としか思っていなかったのに、今はちょっとだけ印象が変わった。

整った顔立ちをしていると思うし、授業に対してすごく真摯だと思うし、たまに見せる大人っぽい一面に動揺させられたりするし……。

あたしが先生に抱いている気持ちって一体、なに？

わからない。わからないけれど、このままモヤモヤしてるのは嫌だと思った。

「上原さん、すごいです。追試は九十五点でした。最後の問題だけ空欄でしたが、難しかったですか？」

採点を終えた先生がうれしそうにしながら、答案用紙を手渡してくれた。

「ちょっとボーっとしてたら時間になっちゃっただけ。普通に解けるよ」

ササッと空欄に解答を書き込むと、先生は頷《うなず》いてから青マルをした。

「正解です。どうやら解説もいらなさそうですね。このミス、もったいないですよ。次のテストでは集中してくださいね」

「はーい。がんばりまあす」

「では、これで補習を終わります。上原さん、一週間よく頑張りましたね」

柔らかく笑った先生の顔を見て、あたしの口は勝手に動いていた。

「……ね、先生？　あたしの隣の席に座ってみて」

あたしの脈絡のない自分勝手なお願いに、先生は理由を聞くこともなく従ってくれて無言で隣に着席した。

教壇に立つ先生を見上げる、いつもの構図が崩れる。

〝教師と生徒〟という境界線が曖昧になったことが、不思議とあたしの頬を緩ませた。

「あたしがあと七年早く生まれていたら、同級生だったのにね。そしたら友達になれたかな?」

「同級生だったら、上原さんは私の名前すら知らないと思いますよ」

「えー? 先生のなかであたしのイメージ悪くない?」

「そんなことないですよ。でも、私はいつもひとりでしたから」

「ちゃんと話しかけるし! 先生の方こそ、あたしと関わるつもりないの?」

「そんなことありません。ですが、私は上原さんとは今の関係でよかったと思っているのです」

「……なんで?」

「教師だからこそ、上原さんのことをたくさん知ることができましたから。上原さんは嫌だったかと思いますが……私は補習も、その後の雑談も楽しかったです」

そう言って微笑《ほほえ》む先生を見たあたしは、戸惑いつつも一つの決意を固めた。

もっと、先生のことが知りたい。

この気持ちがなんなのかわからないけど、考えていたってわからないなら、納得できるまで行動してみようと思った。

「ねえ、先生」

「なんですか？」

「連絡先教えてよ」

「ダメです」

「えー？　いいじゃん、それくらい！」

「生徒との連絡先の交換は禁止されていますから」

先生は教師として、大人として、ごく当たり前の……というか、誠実な対応をしているだけだ。

むしろ好感度は高いはずなのに、淡々と断られてしまったあたしは不満をアピールし続ける。でも先生は「この話は終わり」と言わんばかりに後片付けをしはじめた。教室を出て行くつもり満々だ。

先生があたしとの間に引く太くて高い〝立場〟の線を煩わしく思うけど、乗り越えてみたい。こんな能動的なパワーがあたしのなかにあっただなんて、思いもしなかった。

「わかったよ、今は一旦諦める」

「良い子ですね。助かります」

すっと姿勢を正して、先生の目を見つめた。

言いたいことはいろいろあるけれど、これだけは今日、この場で伝えないと。

「先生、一週間ありがとうございました」

「頑張りましたね、上原さん。いい夏休みをお過ごしくださいね」

一礼してさっと教室を出て行った先生を見送りながら、あたしはこれからはじまる夏休みを前に、「補習でもあればいいのに」なんて信じられないことを思った。

☆

終業式も一学期最後のホームルームも終わり、あたしと涼香は学校近くの店で駄弁《だべ》っていた。

「明日から颯真《そうま》くんと旅行だし、追加の日焼け止めクリーム買いに行きたい」

「いいよー。ってか、明日？　準備間に合うの？」

「だいじょーぶ。高二の夏休みって一度きりだし、来年は受験で遊んでいられないだろうし、今年はギッチリ予定入れたいんだよね」

浮気《うわき》問題で揉《も》めていた涼香と不破のカップルは、不破がきっぱり後輩の女の子を振っていたことが女の子側からの証言で明白になったため、あっという間に仲直りしていた。

……仲直りっていうか、涼香がひとりで怒っていただけとも言えるけど。

「高二の夏休みは一度きりかー……当たり前のことなんだけど、なんか刺さったわ。あたしもこの夏は何か、したいなあ……」

そう呟《つぶや》いてパッと思い浮かんだのはなぜか先生の顔で、「なんでよ」と胸中でひとりツッコミを入れて息を吐く。

あの白い肌と抑揚のない声からは、夏という季節は連想しにくい。プライベートが全く見えない先生が休みの日に何をしているのかなんて、想像もできない。

涼香はあたしの顔を覗《のぞ》き込むように見ていた。

「ねー、メイサ」

「な、なに？」

また先生のことを考えていたあたしは、涼香の丸い瞳に心の中を見透かされたのではないのかとドキッとしたけれど、

「メイサにも早く夢中になれる恋人ができればいいね」

……どうやら、懸念《けねん》だったみたいで安堵《あんど》した。息を吐いて、ラテを飲み込む。

「涼香は恋愛脳すぎでしょ。恋人がいなくても楽しいことはたくさんあるって」

その後、とりとめのない話をしつつ、スケジュールアプリで互いの夏休みの予定を確認しているときに、ふと気づいた。

涼香は今まで〝彼氏〟ができればいいねと言っていたのに、さっきは〝恋人〟と言っていた。

――それは一体、どういう意味だったのだろう。

考えられる可能性が思い浮かんで赤面しそうになったけれど、近くの座席で男子高校生が叫んだ「夏休み前にカノジョほしかったぁー！」という野太い声が、あたしの思考と熱を冷ます。

街中でも、自由なようでいて凝り固まっている思春期の恋愛観を突き付けられる。

線とか壁とか、いろんなものに囲まれるあたしは――今はまだ、空を見上げることしかできていない。

第四章　家に行ってもいい？

筧《かけい》先生との補習が終わり、夏休みがはじまってから一週間が経《た》っていた。
あたしの起床時のルーティンはまずスマホを見ることからはじまるけれど、ここ一ヶ月は朝一番からテンションが下がるから嫌になる。

『おはようメイサ』
『話がしたい。今日会える？』
『どうしてもやり直せないかな』

航《わたる》から届く何百件目になるかもわからない復縁を望むメッセージを見ると、どうしても眉間に皺《しわ》が寄る。

『無理』

一言だけ返信をして通知を切る。航からのメッセージはブロックしていたけれど、そうすると涼香《すずか》や友達、不破《ふわ》にまで『メイサと連絡が取りたい』と迷惑をかけてしまうことがわかった。

だから仕方なくブロックを解除したものの……毎日のようにメッセージが来るようになってしまって、あたしは心底ウンザリしていた。

──連絡を取りたいと望んだ人からは、連絡先を教えてもらえなかったというのに。

「……先生って夏休み、何してるのかな」

夏休み＝学校に行く必要がない。学校がなければ、あたしが筧先生に会う手段はない。わざと追試で赤点を取っておけば夏休みも先生に会えただろうか。でも先生の休みを潰すことになっちゃうし、嫌われてしまった可能性も高い。それに追試まで赤点とかダサいところ見せたくないし。先生には少しでもいいところ見せたいし。

再びスマホに視線を落とす。メッセージは他にも何件か届いていて、そのうちの一つは涼香だった。

『今家にいるよね？　バイトないなら遊びに行こうよ』

遊びに誘うときに便利だという理由で、あたしは涼香をはじめ何人かの友達とは位置共有アプリを使用して、それぞれの居場所がいつもわかる状態にしてある。

クラスの皆のほとんどはアプリを入れているし、あたしたちにとってはこれが普通の感覚だけど、堅物な先生が聞いたら「個人情報が簡単に漏れてしまうのは危機感が〜」とかごちゃごちゃ言いそう。

……って、また先生のこと考えちゃった。

『バイトまでのんびりしたいからまた今度ね』

サクッと返信をして、大きな溜息を吐いた。朝からこんな憂鬱な気持ちになるのも、航と連日続く暑さのせいだ。

っていうか、朝っていうよりもう昼近くだった。バイト行く準備しないと。

シャワーを浴びるためにベッドから降りる。スナックで働いているママはこの時間は寝ているか、帰って来ていないことも多い。だから何時に起きようとあたしの自由なんだけど、油断するとどこまでも堕落してしまうから気をつけないとって思っている。

居間のテーブルの上に、飲みかけの水が入ったグラスが置いてあった。今日はママが帰って来ている日みたいだ。

パパは、いない。仕事で不在とかじゃなくて、産まれたときからいない。

あたしはママと不倫相手との間に授かった子なのだと、十歳のときにおばあちゃんが亡《な》くなる前に聞かされた。

おじいちゃんは仕事で忙しくて家にいないことが多かったみたいで、厳しいおばあちゃんに育てられてきたママは高校を卒業するまでは恋とは無縁だったらしい。

大学に入学したママは、三十歳以上も歳《とし》の離れた教授の優しくて頼りがいのある姿に求めていた父親像を見て惹《ひ》かれてしまい、恋愛関係になった。

バカだよね。教授からしてみたらただの遊び相手だったっていうのに、ママは本気だったんだから。

ママが教授と不倫旅行している最中に、おじいちゃんが心筋梗塞で突然亡くなっちゃったこともあって、「父親が苦しんでいるときに性欲を満たしていた罪悪感と家族を亡くした喪失感」とか、もっともらしい理由をつけてママはますます教授に対する依存を深めて

……結果、あたしを妊娠した。

ママは未婚の母になる決意を固めて大学を中退した。その覚悟と勢いとあたしに対する

愛情はすごいなって思うし、感謝はしてる。

だからあたしは、ママとおばあちゃんに育てられた。幼い頃はパパがいない理由を聞いても、ふたりとも話したがらなかった。だから聞かないようになった。おばあちゃんは優しかったし、ママとは基本的にすれ違い生活だけど一緒にいる時間はあたしのことを可愛《かわい》がってくれるから、ふたりを困らせたり悲しませるような発言はしないように心掛けていた。……あたしの空気の読み方だとか、人の顔色を窺《うかが》う癖は、ここで身についたのかもしれない。

パパがいなくても、ママはママなりに精一杯の愛情をあたしに注いでくれたと思う。だけど、ストレスだとか寂しさだとか承認欲求を男が満たしてくれるってことを教授との不倫で知ってしまったママは、夜になると男のところに行ってしまうことが度々あった。

昔は厳しかったらしいおばあちゃんは、ママの遅い反抗期を見て反省したと何度も口にしていた。だからあたしに対しては優しくて穏やかだったけれど、「人生の選択肢が広がるから勉強はしておいた方がいい」とは耳にタコができるくらいに言われた。

塾とかに通う余裕はなかったけれど、おばあちゃんの言いつけは守ろうと思って、あたしは家でコツコツ勉強を頑張って一応進学校の彩川南《さいかわみなみ》高校に合格できた。

中学とは違ってメイクもピアスも自由だし、陰湿なイジメの話も聞かないし、クラスの皆の仲が良くて平和でいい学校だなって思う。

覧先生っていう、面白い先生にも出会えたしね。先生はきっと、夏休み中も規則正しい生活をしてるんだろうな……って、ちょっと、あたしの頭。いい加減にしてよ。

今日は暑いし、昔のことを振り返ったり先生のことばかりを考えたり、脳みそもおかしくなっている。

いつもよりも冷たいシャワーを浴びようと思いつつ、ママが置いた飲みかけの水が入ったグラスを洗ってからお風呂場《ふろば》に向かった。

☆

猛暑と言われている今年の夏は、本当に暑すぎる。

バイト先に到着したときにはもう汗だくだ。ボディシートで全身を拭いてから、髪とメイクを直して制服に着替える。白いシャツに黒のスカート、デニム生地のエプロンっていうシンプルな制服をあたしは気に入っている。

あたしは高校に入学してすぐに、家から駅三つ分離れたこの個人経営のレストラン『パルム』でアルバイトを始めた。実は、ちょっとした思い入れがある店なのだ。

中学のときに一度だけママと、ママの当時の彼氏とパルムで食事をしたことがある。いつも通りママはすぐに彼氏と別れたし、男の顔なんて全く覚えていないけれど、パルムの落ち着いた雰囲気と料理の美味《おい》しさだけはなぜかずっと記憶に残っていたあたしは、高校生になってバイトをするならここでと決めていた。

夏休み、特にやりたいこともないあたしはできるだけたくさんシフトを入れるようにしていた。

高校を卒業したら、すぐに家を出たいから。

「いらっしゃいませ。二名様ですね。こちらのお席にどうぞ」

店自慢のビーフシチューの良《い》い匂いがキッチンに漂う。今日は十七時から二十二時までの勤務だ。十八時を過ぎると来客が増え、十九時を過ぎると予約客も大量に来店するからとても忙しくなる。

ホールを駆け回っていると、あっという間に二十時になっていた。

オープンから来ていたお客様が一気に帰り、店内の人口密度が低くなる。でもゆっくりしている暇はない。テーブルを綺麗《きれい》にしなくては。

「いらっしゃいませえ。何名様ですか？」

バイトリーダーのよく通る声がフロアに響く。お皿を下げていたあたしは急いで片づけなきゃと焦《あせ》りつつ、何名様だろうと確認するために顔を上げて——硬直した。

筧先生が、綺麗な女の人と一緒に来店したからだ。

「先生⁉」

思わず声を上げてしまい、慌てて口を押さえた。

先生はあたしを見つけるやいなや、目を大きく見開いて急に挙動不審な動きになった。ものすごくわかりやすく動揺しているみたいだ。

一緒にいた女の人に何かを言って外に出たがっていたけれど、女の人はニコニコしながらバイトリーダーと会話をして、奥の二人掛けの席に案内してもらっていた。先生の意見は却下されたみたいだ。

先生より力関係が上ってこと？　あの美人、一体何者なんだろう？　……まあ、直接聞けばいいか！

先生のところにオーダーを取りに行きたいあたしはテーブルを猛スピードで片づけて、ドリンクの注文を承ったバイトリーダーに直談判《じかだんぱん》した。

ドリンクを二つ持って、先生のテーブルに向かう。

「お待たせいたしました。ジンジャーエールとサングリアです」

先生はあたしから顔を背け、一緒にいる女の人は「ありがとう」と言って微笑《ほほえ》みながらサングリアを受け取った。

大きな垂れ目と柔和な微笑みに、無意識のうちに惹きつけられた。大人っぽい魅力を纏《まと》うふわっとした雰囲気の美人だった。

先生はお酒、飲まないのかな？　酔っぱらうところちょっと見たかったのに。

あたしが先生の前にジンジャーエールを置いたタイミングで、女の人は先生に言った。

「莉緒《りお》、先生なんだからしっかり挨拶しなさいね」

ドキッとしてしまった。先生は女の人に「わかってますよ」と子どものように言って、あたしの顔を見た。先生を名前で呼ぶ人を、初めて見たからだ。

「こんばんは上原《うえはら》さん。ここでアルバイトをしていたのですね」

「え、うん。もう一年以上やってるし、様になってるでしょ？」

「はい、とても。……でも、まさかプライベートで生徒に会うなんて……や、やっぱり出ます。生徒が働く店で飲食するわけにはいかないです」

「先生ー、気にしないでよ。ウチの店美味しいんだから食べてって。ね？」

真面目すぎる先生を笑って引き止めていると、

「もう、莉緒？　ここまで来てまだウダウダ言ってるの？　だったら帰れないようにたくさん注文しちゃうもんねー」

女の人は悪戯《いたずら》っ子のように笑って、タッチパネル画面を素早く操作して先生の意見も聞かずにいろいろ注文を入れはじめた。

やっぱり先生はこの人に完全に主導権を握られているみたいだ。その後のふたりのやり取りを見てさらに確信した。

「……私は……骨付きチキンが食べたいです」

諦めたように注文を追加する先生を見て、いつもはマイペースな先生が振り回されている様子が可愛くてつい笑ってしまった。

「あなた、上原さんっていうのね。とりあえず注文するから上原さんが運んできてね」

女の人は左胸に着けていたあたしのネームを見て微笑んだ。名前を呼ばれただけでうれしくなってしまうような、いつまでも聞いていたくなる綺麗な声だった。

「承知いたしました。先生、あたしまた来るからね♡」

「……上原さんのシフトは何時までですか？」

「二十二時でーす！　残念、まだいるもんねー」

落胆する先生を見て、あたしと女の人はふたりで笑った。

他のお客様からの注文を受けるために一度テーブルを離れた。注文した料理をキッチンスタッフが皿に盛り付けている待ち時間、あたしは先生たちから目が離せなかった。

向かい合って座る先生と女の人は、遠目から見ても仲が良さそうに見える。無理してはしゃいでいる感じでもなくて、ただ自然体でお喋《しゃべ》りを楽しんでいるから、お互いを尊重して大切にしている様子が伝わってくる。

あたしが一番気になるのは、この女の人と一緒にいると先生の雰囲気がいつもと違うことだ。柔らかいっていうか、感情が見えやすい感じがする。笑った顔も、不機嫌そうな顔も、どこか子どもっぽい。

ふたりは一体、どういう関係なんだろう。いろいろ聞きたいこともあったけれど、それからは店内がめちゃくちゃ混み始めてしまって、なかなか先生のテーブルに行くことができなくなった。

……あたしにはあんな顔、見せてくれないのに。

テーブルから離れていても、あたしはふたりのことが気になって仕方がなかった。

☆

「お疲れ様でしたあー」

時刻は二十二時ちょっと過ぎ。制服から私服に着替えたあたしは、パルムの裏口から外に出た。

今日のバイトは後半……っていうか、先生たちが帰っちゃってからミスが多かった。あたしってこんなに、他人にコンディションを左右されるようなやつだったたっけ？

昼より大分マシとはいえ、夜になってもまだまだ暑い。コンビニに寄ってアイスでも買って帰ろう。

そう思いながら辿《たど》り着いたパルムの最寄りのコンビニで、あたしは思わず目を見開いた。

「……先生⁉」

驚愕《きょうがく》で心臓が止まりそうになった。

「……上原さん？」

「なんでここにいるの？　一緒にいた人とはもう解散したの？　っていうか先生、この辺に住んでたりするの？」

「そう、ですね。今は、私ひとりです」

偶然会えたことでテンションが上がっているあたしとは対照的に、先生は元気がないようだった。というより、元々色白な先生だけど今は蒼白《そうはく》というか、顔色が悪いようにも見える。

「先生、具合悪そうだけど大丈夫？」

「あ、はい、大丈夫です。……すみません、ここで失礼しますね……あれ？　上原さんはバイト上がりですよね？　自転車ですか？」

「ううん、駅まで歩くよ」

「……危ないですね。家まで送ります」

「え⁉　いつも歩いてるし大丈夫だって！」

「教師として、ここは譲れません。行きましょう」

さっき驚いたばかりの心臓が今度は大きい音を立てて、鼓動を速めるよう指示を出してくる。突然訪れた非日常的体験だった。結構大きい車の助手席に乗り込むと、暗闇の中で光るカーナビが眩《まぶ》しかった。

先生とドライブだなんて、なんて素敵な夜なんだろう。これから何が起こるのか、あたしの胸にはワクワクしかなかった。

「シートベルトを着けてください。家はどのあたりですか？　門限はありますか？　過ぎてしまうようなら親御さんには私から話します」

「ないよ。帰っても家には誰もいないし大丈夫」

いつもなら後先を考えて行動できるっていうのに、浮かれていたのか失言してしまった。

先生は何かを言いたそうにして、あたしの顔をじっと見つめている。

「あ、やっちゃった」と後悔する。家のことを話すと大抵、相手に微妙なリアクションをさせてしまうって過去の経験からわかっていたというのに。

無理にでも話を変えようと、努めて明るい声を出した。

「芳香剤、ホワイトムスク？　あたし、この匂い好きー。案外定番のやつ使ってるんだね」

「私の趣味というより、この車によく乗る知人が好きな匂いなので」

知人？　胸に一瞬、モヤっとした霧がかかった気がしたけれど、せっかくの機会だし気にしないで会話を優先しよう。

「ふーん。音楽は？　かけないの？」

「かけないですね。運転中は思考していることが多いのですが、耳に音楽が入ってくると集中できなくなるので」

「運転に集中しないと危なくない？　気をつけてね」

「人を乗せるときは注意していますよ。今は生徒を乗せているのですから、特に」

こうやって話していると、自分でも不思議なくらい気分が高揚してくるのがわかった。

夏休みに入って会えなかった反動もあってか、完全にスイッチが入ってしまったあたしは、車窓から見える景色には目もくれずに先生の横顔に話しかけまくった。

どんなにくだらない話を振っても、先生は絶対に先生の言葉で話してくれる。

無条件で信頼できるって、すごい。こんな安心感ってなかなかない。

「先生はいつ免許取ったの?」

「大学一年生の夏休みですね。友達もいなかったので教習所に入り浸って、すぐに取りました」

「友達がいなかったって言う必要ある? あたしはもうわかってるからいいけど、初対面の人には気を遣わせるから言わない方がいいからね?」

「ちゃんとわかっています。上原さんにだから言ったのです」

……なんでだろう。こんなさりげない一言に、ドキッとさせられてしまった。

何か言おうとしたけれど何も言えなくて、口を閉じる。先生も無言で車を走らせている。

十七歳のあたしは当然、運転免許を持っていない。

涼香《すずか》も不破《ふわ》も航《わたる》も、友達やクラスメイトも皆、あたしと同じく車を運転できない。

だけど、先生は大人だから。大人だから免許も持っているし、自分で好きな車を買って、こんな夜でも好きな時間に走らせることができる。

ハンドルを握る姿を見て、この人はあたしより七つも年上なのだと意識させられる。

あたしとは生きている世界が違う、〝線〟の向こう側の人。

そんな人が、あたしを車に乗せたのはどうして？

夜道をひとりで歩くのが危ないからって家まで送ってくれようとする行為が、優しさと義務感から来ているのはわかる。だけど、夜にひとりの生徒を車に乗せる方が教師としてはリスク高くない？

いつも教師という立場を強調する先生らしくない気がする。様子がおかしい？

……聞いてもいいよね？　今この瞬間に一緒の時間を共有しているあたしには、その権利があるはずだ。

「先生。何かあったの？」

無遠慮な問いが先生を傷つけるのだとしても、核心を突く質問をしなければ傷をケアすることすらできない。

空気が重くなったこともあって、音楽のかかっていない車内はやけに息苦しい。窓を開けたい衝動に駆られたけれど、先生が抱えている気持ちが外に流れていってしまいそうな気がして、閉じ込める選択をした。

あたしは先生に、逃げてほしくなかったから。

「どうしてそんなことを聞くのですか？」

「別に。あたしが気になったから、聞いただけ。嫌なら無理して答えなくてもいいけど」

「優しいですよね、上原《うえはら》さんは。普段からそう感じることが多々あります」

先生の中にあるあたしのイメージに『優しい』が存在していることはうれしいけれど、顔には出さないように注意する。

だってあたしは今、百パーセントの善意で行動しているわけじゃない。

打算と、駆け引きと、ほんの少しの下心が隠れているこの気持ちを先生に知られて、幻滅されたくないから。

「別に、普通だよ。今日一緒にお店に来てくれた友達とケンカでもした？」

先生とあの女の人の関係が知りたかったあたしの、ズルいカマかけだった。

「友達というか……あの人は私の高校時代の担任教師です。緋沙子《ひさこ》先生とお呼びしているのですが……私の恩師でもあります」

その名前を聞いて、ハッとした。

補習のときに先生が言っていた言葉を思い出したのだ。

——……恩師がいるんです。恩師の——緋沙子先生は、高校時代の担任でした。本当に素敵な方で――

友人も恋人もいないという先生が唯一、連絡を取り合ってたまに食事に行ったりする人。

つまり先生にとって、とても大切な存在なのは間違いない。

「そ……そうなんだ……」

なんとか相槌《あいづち》は打てたものの、あたしはかなり動揺していた。こんなにヒントがあったっていうのに、どうして気づけなかったのだろう。

「あ、あの人が恩師だったんだ。思ってたより若かったし、っていうか、超綺麗《きれい》な人だったね！」

取り繕うように言葉を紡《つむ》ぐ。自分からふたりの関係性を聞き出そうとしたくせに、望み通りに先生は答えてくれたっていうのに、なんであたしの胸中は乱されているのだろうか。

「はい。緋沙子先生は昔も今もお綺麗ですが、何よりも内面が美しい方です。ですから男性からも当然、愛されます。……今日、緋沙子先生から現在お付き合いをしている恋人と、結婚をする話を伺いました」

「えっ？　おめでとうございますだね！」

「ええ、おめでたい話です。私も祝福の言葉を贈りました」

「……じゃあ、なんで先生は、そんなに元気がないの？」

端整な横顔に憂いが帯びる理由を、知りたいと思った。

「生徒の前なのでいつも通りにしているつもりでしたが……元気がないように見えたのであれば、私は教師として失格ですね」

先生は苦笑いを浮かべていた。

「緋沙子先生は来年の三月末に退職されて、ご主人のご実家のある長崎へ引っ越すそうです。とても気軽に会える距離ではありません」

「そう？　そんなことなくない？　待って、今調べる……ほら、飛行機だと二時間もかかんないじゃん！　ＬＣＣだと一万円くらいで行けるし！　近いって！」

運転中だから見られるはずもないのに、先生にスマホの画面を見せようとあたしは必死になっていた。

「……恩師が結婚して、すぐに会えない距離に行ってしまうというだけで、これほどまでにショックを受けるなんて……自分でも予想できていなくて」

こんなに参っている先生の姿に驚くと同時に、あたしは先日覚えたばかりの〝嫉妬〟の気持ちと、よくわからない感情が湧いてくる。

「……先生にとって緋沙子さんって、本当に大切な存在なんだね」

「はい。高校でも友達のできない私に、緋沙子先生は何度も話しかけてくれて……不思議な人でした。話していて楽しくて、安心できて、それでいて視野が広がっていくような経験をさせてくれたのは、私の人生において緋沙子先生以外にいません」

……先生にとって緋沙子さんは、本当に特別な人なんだ。いい話のはずなのに、なぜかチクリと胸が痛んだ。

「だから先生は教師って職業に興味を持ったの？　そういえば補習のときに、恩師に憧れて教師になったとも言ってたもんね」

「そうですね。私は元々理系を選択していました。国語が苦手で、現国がいつも足を引っ張る教科だったのですが……緋沙子先生に憧れて国語教師になりたくて文転したくらいです」

先生の人生の精神的割合の多くを、緋沙子さんが占めている。

先生に影響を与えてきた人物はいつだって、緋沙子さんただひとりだから。

──あたしは先生にとって、たくさんいる生徒のひとりでしかないというのに。

膝の上に置いていた手を、きゅっと握りしめた。

「……先生がずっと片想《かたおも》いしてる人ってさ、もしかして緋沙子さんだったりして？」

軽い嫉妬からくる、冗談のつもりだった。

それなのに……先生の息が止まる気配がした。

「……違いますよ。そんなわけないじゃないですか。ありえないです、女同士だなんて」

先生の表情はいつも通り、何を考えているのかわかりにくかった。

「まあ、そうだよね。でもさ、先生にとって緋沙子さんは特別な人なんでしょ？　だったらショックを受けたり動揺したりするのも普通だよ。だから、しんどいときは誰かに頼りなよ。あたしだって話を聞くことくらいはできるんだし」

信号で車が止まったタイミングだった。

先生の目があたしに向けられた。油断していたせいで思わず心臓が跳ねた。

「ありがとうございます。上原さんのそういう、相手を慮《おもんぱか》って発言できるところって凄《すご》いと思います」

「お、大袈裟《おおげさ》だよ。あ、それってもしかして褒めて伸ばす教育ってやつ？　もー、こんなときまで〝先生〟しなくてもいいじゃん」

「いいえ、私には難しいことなので素直に尊敬しています。年下とか生徒とかは関係なく、憧憬の念すら抱いています」

「相手を慮って発言」だなんて先生は言うけれど、こんなのはママをはじめ周りの人間の顔色ばかり窺《うかが》ってきたあたしが、相手に責められたり悲しませたりする前にいつの間にか身につけた、自分を守るためのスキルでしかない。

だから今までのあたしにとっては、「空気が読める」「相手を気遣える」って言われることは全然褒め言葉じゃなかった。自分の好きじゃないところを、無邪気に突き付けられている気になったから。

それなのに……どうしてだろう。

どうしてあたしは今、顔が熱くなっているんだろう。

「なんか、照れちゃうんですけど」

「素直に受け取ってください。それより、今日は心配をおかけしてしまって申し訳ございませんでした。もう十分話は聞いてもらいましたし、大丈夫です。そろそろ上原さんのご自宅付近みたいなので、案内してもらえますか？」

ふたりっきりの時間が終わってしまうことを、無性に寂しく思った。

まだ終わってほしくない。まだ続いてほしいのに。

「あ、あのさ、先生……」

音楽もラジオも流れない車内は、どちらかが口を開かなければ沈黙が生まれる。

喉が渇く。胸の奥から出てきた言葉が、閊《つか》える。心拍数が上がってきて、手のひらに少し汗も掻《か》いている。

あたし、めちゃくちゃ緊張してる。今から言う打診が断られたらって、想像しただけで体が震えるくらいに。

「ね、先生。あたし今日、先生の家に泊まってもいい？」

それでも、変な詮索だけはされたくなくて、声だけは震えないように気をつけた。

今まで感じたことのない感情の名前が知りたかった。そのためにはもっと一緒にいたい。もっと先生と話がしたいと思ったから。

「ダメに決まっているでしょう」

ここまで勇気を振り絞ったのだ。ここで簡単に引き下がるつもりもない。

「人を好きになる気持ちがよくわからないって、前にあたし言ったじゃん？　先生、いろいろ聞いてくれるって言ったじゃん？　先生の家に行ったたって絶対誰にも言わないって約束するし！」

「話したいことがあるということでしょうか？　でしたら、それは私の家に泊まらずとも今度学校で……」

「今夜、先生の家じゃないと話せないの！」

自分でも意味不明な理論を、先生の言葉に被《かぶ》せるようにして強引に誤魔化す。

「ダメです。第一、親御さんが……」

「パパはいない。ママも夜は家にいないから、いつもあたしひとりだから大丈夫！」

下手に干渉されるのは好きじゃない。だから説得する材料としての用途だけのつもりで発した言葉だったのに、先生は黙り込んでしまった。

いくら先生が鈍いとはいっても、きっと今のやり取りからウチの家庭環境が一般的ではないことに気づいたと思う。

同情されるのは嫌だ。でも、先生になら都合よく誤解されてもいいかという気持ちになっていた。

「……もしかして上原《うえはら》さん、夜にひとりでいるのが寂しいのですか？」

「そういうの直に聞いてきちゃうところが、先生って感じ」

たぶん先生は今、悩んでいる。……淡い希望が見えてきた。もうひと押しかも。

「お願い、先生。別に女同士なんだしいいじゃん。優しい教師として、悩める生徒の相談に乗ってほしいな」

先生が「教師として」という単語に弱いことを、あたしはもう見抜いている。

「今夜話を聞かなければ、学業に支障が出ることも考えられますか？」

「うん。勉強に身が入らないかも……」

別にそんなことはないけれど、大袈裟に言ってみる。

「……わかりました。今日だけですよ。このまま私の家に行きます。いいですか？」

「うん！　ありがとう先生！」

了承を得られたことであたしの緊張は一気に解けて、体からアドレナリンが放出されていくのを実感した。人の家に泊まりに行くのにこんなにワクワクするなんて、今までにない経験だった。

「先生が女でよかったなー。先生が男だったら家に行くなんてないし、そもそも未成年の女生徒を連れ込んだ疑いで逮捕されちゃうもんね」

自分で口にしながら違和感を覚える。そう、あたしたちは女同士なんだから、男女の教師と生徒が気にするべき〝何か〟があることなんてないのだ。絶対に。

「そうですね……私は女で、よかったのだと思います」

先生の横顔は、今の軽いやり取りにはそぐわないほど神妙だった。だけどすっかり浮かれていたあたしは、別段気に留めはしなかった。

そう、あたしの頭のなかは、これからのことでいっぱいだったから。

車窓から眺める知らない道、知らない街——知らない世界に飛び込もうとするあたしは、今までとは違う一線を越えてしまいそうな気がしてならなかった。


途中で寄ったコンビニで歯ブラシと下着をカゴに入れていると、先生にお弁当コーナーまで誘導された。

「上原さん、お金は出しますのでお弁当を買っていってください。ウチには食べるものが何もないので」

「なんか、先生が言うと謙遜じゃなくてホントに何もなさそうな感じがするー」

笑っているのはあたしだけで、先生の頭上にはいくつかの疑問符が浮かんでいるようだった。……まさかと思って、尋ねる。

「……先生の冷蔵庫って、何が入ってるの？」

「烏龍茶《ウーロン》と梅干しです」

「え？　それだけ？」

「はい。でもお米は炊いています。ちゃんと自炊していますよ？」

自炊の定義が揺らいでくる。なんでこの人、ドヤ顔してるんだろ。

今の会話で先生が料理しない人だってことが十分にわかったけれど、毎日何を食べて生きているのだろう？　先生、自分の体に無頓着っぽいし……もしかして栄養が全然足りていないんじゃ？

あたしはお弁当は選ばずに、歯ブラシと下着だけさっさと自分で会計を済ませた。

「先生、スーパー行こ。『エーマート』だったら０時まで開いてるから」

「どうしてですか？」

「『どうしてですか？』じゃないでしょ！　とにかく行こ！」

何もわかっていなそうな先生に深夜まで営業しているスーパーマーケットに連れていってもらい、好き嫌いを聞いてからカゴの中に野菜と肉と魚を入れた。

先生はようやくあたしの意図をわかってくれたみたいで、「恐縮です」と何度もお礼を言っていた。

「あ……今日は少し、飲んでもいいですか？」

お酒のエリアを通り過ぎようとしたとき、おそるおそる尋ねてきた先生は、お菓子をおねだりする子どもみたいでちょっと可愛《かわい》かった。

☆

スーパーから車で十分。日付も変わろうとしている頃、先生の家に着いた。

「お邪魔しまーす」

「どうぞ。何もありませんが、くつろいでくださいね」

築浅アパート三階の１ＤＫ。突然お邪魔したのにもかかわらず、先生の家の中は全然散らかっていなかった。

家具の色が白と黒のモダンな感じで統一されているところは好きだけど、オシャレというより殺風景って感じに思っちゃうのは、先生の人柄を知っているからだろうか。

「買ってきた食材、冷蔵庫に入れちゃいたいんだけど開けてもいい？」

「もちろんです。冷蔵庫に限らず、家にあるものはご自由に使ってください」

小さい冷蔵庫を開けると、本当にペットボトルの烏龍茶と梅干ししか入っていなくて驚いた。ケチャップとかマヨネーズすら入っていないんだけど、一体どうやって生活しているのだろう？

バイト後だったし、あたしはすぐにシャワーを借りた。サッパリできて感謝しているも

かった。
ものの……！　お風呂上《ふろあ》がりに先生の服を借りたときは、どうしてもツッコまざるを得な
のの……ただ、急に押しかけたくせに偉そうな注文をつけるつもりなんて微塵《みじん》もなかった

「貸してもらっておいて文句は言いたくないんだけどさ……先生の部屋着、ダサくない？

この無地のTシャツ、ペラペラすぎるんだけど」

「ペラペラの方が着心地《きごこち》がよくないですか？　落ち着くといいますか」

「いや、わかるけど程度ってもんがあるって！　もう少し気を使いなよ〜……」

「誰に見せるわけでもない部屋着に気を使う理由がわかりません。どうして着心地最優先
ではダメなのですか？」

先生は本気で理解ができないらしく何度も小首を傾《かし》げていた。

「ダメっていうかさー……」

あたしも先生を納得させられるような理由が思いつかないし、服も慣れてきたし、なん
かどうでもよくなってきた。

「いやごめん。別の服に換えてほしいって言ってるわけじゃないし、それに……ちょっと、
しっくりしてきた」

「でしょう？　慣れると癖になってくるんですよ」

「いや、あたしそこまでは言ってないけど？」

苦笑いしながら先生の隣に座ってスマホをチェックして、思わず眉をひそめた。航《わたる》からまた何通かメッセージが届いていたのだ。未読のまま無視を決め込んだ。

「先生も可愛いパジャマとか買ってみたら？　テンション上がるよ？」

「この歳《とし》で可愛いパジャマって抵抗がありますね」

「可愛いに年齢は関係なくない？　ね、シェラピコにしておけば？　外さないと思うし」

例のごとく疑問符を頭に浮かべているので、スマホで検索してカラフルでふわふわしたたくさんの部屋着を見せた。先生はまるで異国の文化に触れているかのごとく、何度も瞬《まばた》きをしていちいちリアクションをしていた。

「ね？　可愛くない？」

「……妖精の衣装みたいですね」

「ちょっと笑わせないでよ！　そんなメルヘンな感想、初めて――」

笑いながら先生の方を見た瞬間、息が止まった。

夢中になっていて気がつかなかったけれど、一つのスマホを覗《のぞ》き込むようにして見ていたあたしたちは、いつの間にか肩と肩が触れ合うくらいの至近距離にいたのだった。

顔、近い。意識してしまうと、緊張して上手《うま》く頭が回らない。

なんで？　相手はただの地味な同性の学校の先生だっていうのに。

それなのに、あたしの心臓は意味わかんないくらいドキドキと脈を打っている。

……何か、言わなきゃ。距離が近いくらいでこんなに動揺しているのがバレたら、変な風に思われてしまう。

口を開こうと息を吸ったとき、いつもの先生とは違う匂いがして、体が硬直した。

この匂いって、確か——

気づいたときには体の奥を焼くようなドロッとした熱が思考回路を詰まらせて、あたしの選択肢を塞ぎ、行動を絞っていた。

「……先生もお風呂《ふろ》、入ってきたら？」

少し体を離して、何事もなかったかのように告げる。このタイミングでそんなことを言ったら、「ちょっと臭いんだけど」と遠まわしに忠告しているようなものだ。

もしかしたら先生を傷つけてしまったかもしれない。それでも、我慢できなかった。

現在進行形で反省しているのに撤回の言葉すら言えないあたしは、先生から受けている評価とは真逆の我儘《わがまま》で自分勝手なやつなのかもしれない。

「そうですね、そうします。上原さんは適当に時間を潰していてください。テレビを点けてもいいですし、冷蔵庫を開けてもらっても構いません。気兼ねなくお過ごしくださいね」

「うん、先生もごゆっくり。いってらっしゃい」

先生は気にしてないのだろうか、気にしていないフリをしているのだろうか。

立ち上がって脱衣所に向かう先生を見送ったあと、あたしは大きな息を吐いた。

いつもと違う、先生の匂い――あれはたぶん、緋沙子《ひさこ》さんの香水の匂いだ。さっきまで一緒にいたのだから、匂いが移るのもよくある話だ。

それなのに、自分でもビックリするくらい気に入らなかった。

別に先生はあたしの恋人でもなんでもないのに、また嫉妬してしまったのだ。

嫉妬、やきもち。わかったつもりだったのに、奥が深いなあと思う。

先生が一番大切に思っている生徒は、あたしであってほしい。あたしの先生に対する嫉妬は基本的に、その気持ちからくるものだと考えてきた。

だけど……緋沙子さんにも嫉妬するってことは、あたしは生徒の枠を超えて、先生の一番大切な人になりたいって欲を抱いているってこと？

――それは、深く考えすぎてはいけないような……足を踏み入れてはいけない領域のような気がしてならなかった。

「そ、そうだ！　ごはん作ろっと！」

あたしは立ち上がって、無理やりにでも気持ちを切り替えるためにキッチンに向かった。食生活に不安しかない先生のために、手料理を振る舞おうと決めていたのだ。作り置きできるものでメニューはもう考えてある。鍋とまな板と包丁はこの家にもあるって先生に確認済みだ。

さっき買ってきたお肉と野菜を冷蔵庫から取り出した。少量サイズだけど、調味料を買ってきたのは我ながらグッジョブだった。まさかと思ったけれど、調味料が全くないんだよね、この家。

ジャガイモの皮むきを進めていく。やっぱり料理って、自分ひとりのためだけに作るより誰かのために作る方があたしは好きだ。

だけど料理ってマルチタスクなのに、いろんなことを思い出すのが不思議だ。

初めて包丁を握った小学四年生の夜、二日酔いのママのために作った味噌汁《みそしる》、箸をつけてもらえなかった失敗したサバの味噌《みそ》煮、ひとりで食べた鍋。

ここは先生の家で初めて使うキッチンだというのに、あたしの頭の中ではぐるぐるぐるぐるぐると、同じ映画が上映されているかのように過去の記憶が呼び起こされていた。

「なんだか、とても良い匂《にお》いがします」

お風呂から上がった先生が戻ってきた頃にはようやく、センチメンタルになりつつあったあたしの気持ちは落ち着いていた。

サプライズのつもりではなかったけれど、先生の驚いた顔を見たら自然と頬が緩んだ。

「この鍋の中は肉じゃがだよ。お肉いっぱい入れちゃった」

醤油《しょうゆ》と酒とみりんでグツグツと煮込まれているお肉と野菜は、あたしの贔屓目《シェフひいきめ》なしに美味《おい》しそうだ。

「先生はもう緋沙子さんと食べたからお腹空《なかす》いてないと思うけどさ、たくさん作ったから明日以降ちょっとずつ食べて。冷凍できるやつは冷凍庫に入れておくから、化石にしないでちゃんとチンして食べてね」

一方的に説明をした後でハッとした。あたしは先生に健康に気を使ってほしいってそればかりを考えていて、先生がどう思うかなんて考えていなかったのだ。

勝手にキッチンに立つとか、図々《ずうずう》しかったかもしれない。いわゆる「おせっかい」だとか「重い女」ってやつなのでは？

……どうしよう。急に恥ずかしくなってきた。

「せ、先生の食生活が心配になっちゃってさ。もし人の手料理が食べられないとかだったら捨ててくれていいから。あ、でも先生のお金で買ってるし、あたしがこんなこと言える立場じゃないよね。でもそれなら買い物しているときに言ってくれたら――」

「上原《うえはら》さん」

何を言えばいいのかわからなくなってテンパっているあたしに、先生は微笑《ほほえ》んだ。

「ありがとうございます。とてもうれしいです」

その表情や声色から、おそらく社交辞令ではないと思った。

ああ、よかった。あたしのやったことは、独りよがりの暴走ではなかったみたいだ。

「肉じゃがと、他には何を作ってくれたのですか？」

「えっと、マカロニサラダと、ひじき煮」

「どの料理も大好きです。今いただいてもいいですか？」

「い、いいけど……お腹、入るの？」

「はい。美味しそうですし、上原さんと一緒に食べたいので」

「……そう？　じゃあ、先に髪乾かしてきて。その後でちょっと手伝ってくれる？」

「わかりました。急いで乾かしてきます」

先生が脱衣所へ消えるのを見届けてから、ふたり分のおかずをお皿に盛ろうとしたあたしは食器棚を見て小首を傾げた。

お皿が……ない？　え？　一枚もないってことある？　どこか別の場所にあるの？

家の中を勝手に漁《あさ》るのもよくないと思って先生が戻ってくるのを待って、衝撃の事実が判明した。

なんと、先生の家に食器なんてものは存在していなかった。

洗い物を極力減らすべく、先生の家では基本紙皿を使うらしい。元々ごはんを炊くくらいしか自炊をしないから事足りるとか言っているけど……。

百円ショップで買い溜《だ》めしているという紙皿に盛ったおかずを、テーブルの上に並べた。

「彼氏を家に呼んだら、たぶん振られると思うよ？」

「紙皿なんかで引くような彼氏ならほしくないです」

「……それはごもっとも。先生を丸ごと好きになってくれる人じゃないとね」

先生を丸ごと好きになってくれる男って、どんな人なんだろう。たとえば今のあたしみたいに、紙皿で一緒に食卓を囲んでくれる人ならいいけど。

小さなダイニングテーブルを挟んで、向かい合う。

並べられた紙皿を前に姿勢を正しながらも目を輝かせている姿を見て、先生の真面目さと生活習慣が垣間《かいまみ》見えてふっと笑みが零《こぼ》れた。

「今度さ、一緒に食器買いに行く？　可愛《かわい》いやつ選んであげる」

「上原さんはものすごく派手なものをオススメしてきそうです」

「ちゃんとこの部屋と先生の雰囲気に合った、シックでモダンかつポップでキュートなやつ選ぶから安心してよ」

「……私が単語の意味を知らないと思ってからかっているでしょう？　確かによくわかってはいませんが、上原さんがふざけているのはわかりますよ」

「あは、バレた？　いやちょっと、そんな顔しないでよ！　ちゃんと選ぶから一緒に買いに行こ！　ね？」

「……では、お願いします。私、自分のセンスには本当に自信がないので」

笑って「オッケー」なんて答えつつ、しれっと次の約束を取りつけられたあたしは上機嫌で冷蔵庫を開けて先生に尋ねた。

「お酒は？　今飲む？」

「あ、はい。いただきます」

手に持ったそばからぬるくなっていく缶ビールを取り出して、先生に手渡す。プルタブを開けた先生と紙コップに烏龍茶《ウーロン》を注いだあたしは、なんとなく流れで「おつかれさまー」なんて乾杯する。

先生の白い喉が上下する。お酒を美味しそうに飲む人だって、また新しい発見をした。

「美味しい？」

「ええ。ですが、自宅で生徒と乾杯なんて……いいのでしょうか？」

「また固いこと言ってるー。ほら、食べて。結構イケると思うよ」

箸でジャガイモを摘《つま》んで口に運ぶ先生の所作は綺麗《きれい》だった。口に入れた瞬間にパッと顔を輝かせる先生を見て好反応だと確信したあたしは、前のめりで聞いてみる。

「どうかなあ？」

「美味しいです、とっても、すっごく。ビックリしました」

国語教師とは思えない語彙力で、次々と料理に箸をつけていく先生を見ていたら気持ちが満たされていった。

普段はひとりで夕食を食べているからだろうか。自分の手料理を久しぶりに誰かと食べるのが楽しくて仕方がなかった。

「どうして上原さんはこんなに料理が上手なのですか？」

「あたし、母子家庭で育った一人っ子だから。ママが夜の仕事をしていることもあって、中学生になってからは夕食を準備してもらえなくなってさ。だから自分で作るようになったんだよね」

「……………」

……あれ？　先生、なんで何も言わないの？

どこか深刻な空気に疑問を抱いて手に持っていた紙皿から顔を上げると、先生はいつも以上に真剣な顔であたしを見ていた。

「え、なに？　あたし、何か変なこと言った？」

先生は箸を置いた。

「それは、ネグレクトになるのでは？」

「えー？　そんな深刻な感じじゃないよ。大丈夫だって」

食事を自分で用意するなんて、あたしにとっては当たり前の日常だ。ある程度のお金は貰《もら》っているわけだし、そんな仰々しい名前を付けられて心配されるような話ではないのに。

そう思って軽く流そうとしたのに、先生の表情は緩まなかった。

「被害者側は無意識のうちに現実から目を逸《そ》らしますから、自覚できないものです。然《しか》るべき機関に相談しましょう。付き添いますので」

「別にいいって。なんでそんな話になるの？　あったかいうちに早く食べようよ」

「上原さん」

言葉を遮られる。澄んだ先生の瞳に見つめられて、あたしは身動き一つ取れなくなった。

「言い方を変えますね。私は、上原さんが心配なのです」

──この気持ちを、なんてたとえたらいいのだろう。

胸の奥の方がただひたすらに切なくて、言葉にして形にしてしまったらあたしがあたしでいられなくなるようで、口を結んだ。

心配してるって……大人として？　教師として？　それとも、あたしを大切に思ってくれている個人として？

なんて不躾《ぶしつけ》なことを問うのは、本当に心配してくれている先生に呆《あき》れられてしまいそうで、できなかった。

あたしが今やるべきことは、乱された胸中を速やかになだらかにして、いつもの『上原メイサ』に戻ることだ。

「ほんと大丈夫なんだって。ママとは生活リズムが違いすぎて食事を一緒にしないってだけで、食費は貰ってるし。ただ、外食が面倒だったり美容に気を使ってるからあたしが自炊したいだけ。だからネグレクトってわけじゃないと思うよ。ママと仲も悪くないし」

相手が先生だから動揺してしまったけれど、心配されるのは別に初めてのことじゃない。まあ今までは心配っていうか、心配されているフリが多かったけれど。

家庭環境を知られると愛情に飢えていると勝手に推測されて、見え見えの下心をかざして同情したフリをした男が寄ってきたことも少なくなかった。

人間の嫌なところを目の当《ま》たり《あ》にするのが心底キツかったから言わないようにしていたのに、あたしはなぜか馬鹿正直に先生に話してしまった。

決して、聞き上手とは呼べない先生に。

──あたしは一体、先生に何を期待しているのだろうか。

「だからさ、同情とか心配とかいらないから。あたしは別に今の生活になんの不満もないし。料理ができるってこの先のこと考えたら得だし、ラッキーってくらいに思ってるよ。こうして先生にも作ってあげられたしね」

自分でもわざとらしいかもと思いつつ笑ってみせると、先生は小さく呟《つぶや》いた。

「……上原さんは、とても立派ですね」

「え？　な、なに？　なんで？」

「立派ですけど、でも……あなたはまだ子どもだってことを、忘れないでくださいね。何かあったら頼ってください。必ず守りますから」

たったそれだけの言葉で、目頭が急に熱くなった。

そして同時に、あたしが先生に何を望んでいるのか、蓋をして心の奥底に沈めておいた箱の中の気持ちに、気づかされてしまった。

そうか。先生に甘えたいんだ。優しくしてほしいんだ、あたし。

本心を隠すことに長《た》けているあたしは、涼香《すずか》にもママにも心の中を見抜かれたことはなかった。

それなのに、普段は鈍感っていうか何を考えているのかわからないくせに、先生はすぐに気づいてくれた。あたしも、先生だけには理解してほしいと思った。こんな気持ちになるのは、初めてだった。

あのね、先生。聞いてほしいことが、愚痴りたいことが、胸を貸してほしいことが、油断したら胸のなかから溢《あふ》れて零れそうになる言葉が、実はたくさんあるんだよ。

「……ねえ、先生。頭、撫《な》でてくれる？」

「どうしてですか？」

「我儘《わがまま》言ってごめんね。甘えたいんだ、あたし」

「……わかりました。嫌だったら、言ってください」

そう言って立ち上がった先生は、椅子に座っているあたしの隣に立って……白い手をすっと伸ばしてきた。

そっと、遠慮がちに。だけど、大切なものに触れるかのように。あたしの頭は先生の手によって撫でられている。

細い指に梳《す》かれるあたしの髪が、優しく触れられる頭皮が、先生を感じるたびに喜んでいる。お風呂上《ふろあ》がりでシャンプーの匂いも強いせいで、あたしの思考能力は触覚と嗅覚から麻痺《まひ》していくようだった。

ほら、その証拠に。あたしは先生に「もういいよ、ありがとう」と言えない。体を動かせない。胸が詰まって、息もできない。

依存、という単語が急に頭を過《よぎ》る。

喫煙者が禁煙するのが難しいように、動物園で飼育されている動物が狩猟できなくなるように、この甘美な触れ合いを一度知ってしまったらもう、元には戻れなくなるような予感がしてならなかった。

そう思ったら、心地《ここち》よさを通り越してなんだか、怖くなってきてしまった。

「……あ、ありがとね、先生」

「お礼を言われることは、何もしていませんよ」

「いや、頭撫でてくれてるでしょ。……もう、手を止めてもいいよ」

「そうですか」

触れていた指が離れて、あたしの心はこれ以上乱されないで済むと安堵《あんど》した。だけど、

それ以上に名残惜しさを覚えていた。

「なんか、喉渇いちゃったな。烏龍茶のお代わりもらうね」

気持ちを切り替えようと立ち上がって冷蔵庫から烏龍茶を取り出し、コップに淹《い》れる。先生にバレないように深呼吸をしてから戻る。

自分の椅子に座ってしまった先生を見て少しだけ残念に思いながら、先生の紙皿にマカロニサラダを追加でよそった。

「あたし、不思議だなーって思ってることがあって」

「なんですか？」

「手料理を振る舞うなんて、今までの彼氏にはやってあげたいなんて思ったことなかったのに、なんで先生にはしてあげたくなったんだろうなって」

料理は好きだし得意なほうだけど、航《わたる》をはじめ元カレたちにはお願いされても面倒くさい気持ちの方が勝って、作ってあげたことなんてなかった。こうして作ってあげて一緒に食べるのは、先生が初めてだったのだ。

「先生って生活力皆無だし、健康面が心配だからかな？」

「それは簡単な問題ですよ。私には答えがわかります」

ごはんを飲み込んだ先生は、缶ビールを手に持った。そして小首を傾《かし》げるあたしにサラッと、なんでもないかのように指摘した。

「上原《うえはら》さんは、私のことが嫌いではないのですよ」

「なっ⁉　な、何言ってんの⁉」

「上原さんがいくら優しくても、普通は嫌いな人やどうでもいい人にわざわざ労力は割かないでしょう？」

そう言ってビールを飲む先生は、当たり前のことを話しているだけのように見える。あたしには先生の自惚《うぬぼ》れた発言を否定することはできない。だって、悔しいけれど何一つ間違ってはいないからだ。

「……先生は、あたしに好かれたらうれしいの？」

「教師としては、生徒に嫌われるよりは好かれるほうがいいですね」

あたしが動揺しているなんて、先生は微塵《みじん》も思っていないだろう。

ましてや、先生が口にした〝教師として、生徒に嫌われるより好かれたい〟という発言を、わかっているくせに曲解して受け取ってしまったあたしの心境なんて、露ほども予想していないだろう。

目を見られたら意図しない言葉が零《こぼ》れてしまいそうで怖くなったあたしは、顔を背けて先生の手元にあるビールを見る。

「も……もしかして酔ってるんじゃない？　今日はもう飲むのやめたら？」

「これくらいでは酔わないですよ。上原さんも成人していたら、一緒に飲めたんですけどね。残念です」

「……そうだね」

　実はあたしはお酒を飲んだことがあるし、自分がそこまでアルコールに弱くないことも知っている。前に付き合っていた彼氏に勧められたり、あんまりガラのよくない友人たちと一緒に遊んでいるときに、流されるままに飲んだことがあるからだ。だけど、先生には知られたくないと思って言わなかった。……嫌われたくないって、思ったから。

「二十歳の上原さんはきっと素敵な大人になっているでしょうから、街で会っても気づかないかもしれませんね」

　何の気なしに、いや、もしかしたら褒めるつもりで言ったかもしれない先生の言葉に、あたしの胸はチクリと痛んだ。三年後のあたしは先生の側《そば》にいないって決めつけているんだって、また〝線〟を感じてしまったから。

　いつもいつも、どうして先生はあたしを遠ざけようとするのだろう。そのたびにあたしがどんな想《おも》いをするのか、この人は絶対わかっていない。

あたしに向けられる先生の無垢《むく》な瞳を、あえてじっと見つめ返す。

聞かずにはいられない衝動が、堪えきれない。

口に出したあとでどうなってしまうのかわかっているのに、我慢ができなかった。


「——先生はあたしのこと、どう思ってる?」


言い終わった瞬間に、取り返しのつかないことを口にしたような焦《あせ》りで胸のあたりがヒュッと冷たくなった。

やってしまった。後悔で泣きそうになってしまって、さすがにこれ以上は先生の顔を見ていられなかった。

頭を下げることで、先生の視線から逃れようとしている卑怯者《あたし》を、先生は手を止めて様子を窺《うかが》っている。顔なんて見なくとも、戸惑っている様子が空気に乗って伝わってくる。

こんなあたしに先生はどんな言葉をかけてくるのか、一秒先を想像しただけで逃げ出したくなってしまう。

部屋に降りる沈黙。やがて、先生が息を吸う音が聞こえた。

「上原さんは……大切な生徒のひとりですよ」

思わず、顔を上げていた。子ども扱いしてほしくなかったあたしに、あくまで大人として必要最低限の返答。先生から少しだけ狡《ずる》さを感じた。

そんなの、受け取れない。あたしは白か黒か、ハッキリさせたかったから。

「あ、あのさ……あたしは……」

胸中ではそう思っているのに、あたしはその先の言葉を紡《つむ》ぐことができなかった。

──怖い、と思ったから。

これ以上先生と話していたら、先生の言葉を詰めていってしまったら。

先生が笑った顔を見るとあたしまでうれしくなったり、寂しそうな顔を見るとあたしまで辛《つら》くなったり、一緒にいるだけで高鳴る気持ちの正体に、気づいてしまいそうで。

「……ひじき煮の方は、食べた?」

だから、逃げを打ってしまった。前後の会話が噛《か》み合わない下手くそな質問を、先生が「食べました。美味《おい》しかったです」と言ってそのまま受け入れてくれて安堵する。

「よかった。自信作なんだよね」

先生があたしを追及してくることはなかった。何もなかったかのように、いつも通り淡々と振る舞っている。

先生は箸を持ち、それからゆっくりとひじき煮を口の中に運んだ。

「味が染《し》みるから明日以降の方がオススメかも」

「助かります。しばらくは食生活が豊かになりますね」

大袈裟《おおげさ》だよと言おうとしたけれど、先生の食生活を聞いているからあながち嘘《うそ》ではないとも思えてきた。

明日以降、あたしがいないときに冷蔵庫を開けた先生が喜んでくれるって思ったら、悪い気はしなかった。

先生の家に、先生の脳裏に、あたしという爪痕を残したい。

純粋な気持ちからなのか打算からくるものなのか自分でも判断できない欲望を抱えたまま、夜は深まっていく。

☆

寝るときに問題は起きた。

「人が泊まりにくることを想定していないので、この家には来客用の布団《ふとん》がありません。だから上原さんはベッドを使ってください。私は床で寝ます」

「いやいや、布団ないんでしょ？　床でどうやって寝るの？」

「バスタオルを何枚か重ねれば、固さは幾分か緩和できると思います」

「絶対体痛くなるって！　いいじゃん、一緒に寝よーよ。女同士だし問題ないでしょ」

生徒と寝るというより他人と一緒の布団で寝ることに抵抗感があるのか、先生には結構渋られたけれどあたしの説得で押し通した。

「……上原さんがそう言ってくれるなら、そうしましょう」

「うん。っていうか、家主なんだから遠慮しないでよ」

そう言って笑いながらモバイルバッテリーでスマホを充電しようとすると、また航からメッセージが届いていた。未読スルーを重ね、友達にだけ返信を済ませた。

一緒のベッドで眠る。正直、先生の家に泊まるって決まった瞬間から、こんな展開もあるんじゃないかって予想はしていた。だって先生、友達いないみたいだし。来客とか想像がつかなかったから。

……あれ？　緋沙子《ひさこ》さんはこの家に泊まりに来ることはないのだろうか？　……それとも、泊まりに来たときは一緒に寝るのが当たり前なのかな……？

……なんでモヤっとしたのだろう。さっき自分でも先生に言ったはずだ。女同士だし問題はない、と。

そう、一緒に寝るといっても全然大した話じゃない。涼香《すずか》や友達の家に遊びに行ったと

きとか、一緒に寝るなんて何回もあったし。ドキドキする方が下心あるみたいでおかしい
――って、思っていたのに、どうして？

「上原さんは壁側へどうぞ。枕も使ってください。カバーは替えたのですが、気になりますか？」

「や、全然へーき。そんな気を遣わないでよ。普通にしてて」

なんでもないフリをしておきながら、あたしの心拍数は爆上がりしていた。

おかしい。なんで？　涼香たちのときとは全然違うんですけど？

ベッドの上に寝転んで、早速壁の方に体を向けた。先生の方なんて、とてもじゃないけど見られそうになかった。

「電気、消しますね」

「は、はーい」

枕元のリモコンで照明を落とされた途端に寝室は真っ暗になり、いつも小さな常夜灯を点《つ》けて眠るあたしは少しだけ怖くなる。灯《あか》りを点けてほしいと言いたかったけれど、我儘な子だと思われるのが嫌で口に出せなかった。

でも、先生の習慣に合わせて動くことに悪い気はしなかった。先生の生活の一部にあたしが溶け込んでいるのだと思うと、怖いのも我慢できる気がした。

「寝心地《ねごこち》はどうですか？　上原さんがちゃんと眠れるといいのですが」

「大丈夫だよ。あたし、枕が変わって寝られないような繊細なタイプじゃないし」

「そうでしょうか？　私は上原さんをとてもナイーブな人だと認識していますが」

「そうなの？　だいじょーぶだって。あ、ねえねえ、このまま寝るのもなんかもったいなくない？　なんか面白い話してよ」

「無茶ぶりですね……それより、上原さんは私に相談したいことがあると言っていませんでしたか？」

先生の家に来るために口にした小さな嘘を、すっかり忘れていた。

「あー……うん。えーっとね……」

どうしよう。何を話そうか。冗談めかして日常のくだらない話で誤魔化す？　進路とか勉強のことをもっともらしく話す？

……ううん、違う。話したいことは自然と、あたしの口をついて出る。

「先生。あたしね……」

言葉を区切り、息を吸う。

元々あたしが最初に先生に興味を抱いた理由が、長い間ずっと一途《いちず》な片想《かたおも》いを続けている先生と一緒に話していたら、人を好きになる気持ちが理解できるようになるかもしれないと思ったからだ。

だから、先生には聞いていてほしい。わかっていてほしい。

暗闇と、肌が触れそうなほどの至近距離と、先生への興味関心。

そして、先生にもっとあたしのことを知ってもらいたいという単純な欲望。

全部が上手《うま》い感じに組み合わさって、あたしは誰にも言えなかった気持ちを吐き出していた。


「先生。あたし……誰かを本気で好きになるのが、怖い」


ずっと、あたしの根底にあるのは純粋な恐怖だった。

涼香や友達にはどうせ理解してもらえないと、話すことすら端《はな》から諦めていたその気持ちを、生まれて初めて誰かに伝えていた。

「恋愛をしている人を見て、羨ましいなって思う気持ちは本当。それでしか満たされない心のスペースがあるだろうし、人生が一度しかないなら、やっぱり知らないまま死ぬのは嫌だって思う。今でも思ってる」

何かを考えているのか、先生は言葉を発しなかった。続きを促されていることがわかったあたしは、胸中を少しずつ声に出していく。

「ママは未婚の母ってやつでね、あたしには生まれたときからパパがいなくて。でもママって男っ気がないどころか超恋愛体質なんだ。もういい歳《とし》なんだけど、昔から彼氏が途切れたことがないくらい」

物心がついたときから、あたしはママに何人の男の人を紹介されてきただろうか。

ただ一緒にいて楽しいだけと言っていた人もいたし、いずれは結婚するつもりだと語る人もいた。最初の方はあたしも「この人がパパになるのかな」とか思って、嫌われないように気をつけなきゃとか考えていたけれど、中学生になった頃には男の人の顔と名前を覚える努力すらしないようになった。

ひとりの相手に対して決して長く続くことのないママの恋愛に付き合わされるのは、時間と労力の無駄だと考えるようになったからだ。

「ママは彼氏との関係が上手くいっているときは機嫌が良さそうなんだけど、そうじゃないときは生活に支障が出るレベルで荒れる。あたしに八つ当たりして、僻《ひが》んで……中学生の頃はあたしも反抗期だったし、いつもケンカになった」

「……今現在のお母様との関係は、どんな感じなのでしょうか？」

「ん？　今は機嫌が悪くないときだけ話すようにしているから、仲いいよ。ママが荒れているときは近づかないようにしてるし。あたしが他人の顔色を窺うのが得意だって、先生も知ってるでしょ？」

軽く笑って同意を求めても、先生は相槌《あいづち》すら打ってくれない。適当に共感しておけばいいのに、先生は他人とのコミュニケーションが下手だなあと思う。

だけど、そんな先生だからこそ、あたしはこうして話をしている。

「熱しやすくて冷めやすいママの全然続かない恋愛を間近で見てきたせいかな。あたしさ、恋愛感情ってやつが信用できなくって。どれだけ好きって言っていても、三ヶ月くらいで冷めちゃうじゃん？　先生は違うみたいだけど」

「……私の話はいいでしょう」

「あたしを認知すらしてくれなかったパパとかママを振り回す彼氏らのせいで、あたし、男の人が根本的に信用できないんだと思う」

奥さんがいるのに手を出してきたり、何度も愛の言葉を囁《ささや》いておきながら都合が悪くなると姿を消したり、そういう男に対しての嫌悪《けんお》感が影響していると思っている。

「だからもし恋をするなら、絶対に誠実で愛情深くて浮気《うわき》なんてしない男がいいの。ママみたいに露出が高い派手な格好をしていたら下心丸出しの男が寄って来ちゃうと思って、中学生になってからはなるべく地味で目立たない格好を心掛けていたんだけど……なんか、よくわかんないけど超モテたんだよね」

謙遜するのも失礼なくらい、同級生、先輩、他校の人——いろんな男から好意を告げられたあたしは、混乱するしかなかった。こんな地味な服を着て、髪も私生活も大人しめにしているのにどうして？　と。

「上原《うえはら》さんみたいに綺麗《きれい》な子が控えめな格好をしていたら、清楚《せいそ》な印象になるので逆に好印象だったのでは？」

先生にサラッと「綺麗」と言われたあたしは少しドキッとしたものの、何事もなかったかのように話を続けた。

「たぶん、そうかも。全然話したこともない名前も知らない先輩に告白されたときとか、『清楚で女の子らしいところがいいって思ってて～』とか言われて混乱したもん。この人、あたしの何を知ってんの？　って」

勝手なイメージを抱かれて声をかけられたり告白されたりすることに最初は混乱しかなかったものの、次第に恐怖や怒りへと感情はシフトチェンジしていった。

彼らが抱く期待には、あたしの気持ちが何一つ介入していないから。

「全然意図しない異性関係のトラブルに巻き込まれたりすることも多くって……好きでもない男に好意を向けられて、その男を好きな女の子から嫉妬されてクラスの女子にハブられたりして……もうほんと、あの時期しんどかった。だからあたし、思ったの。男ウケを狙わないようにしようって」

「えっと……私はそういうのに全くもって疎《うと》いのですが、今の上原さんの服装だとか雰囲気が答えになっているのですか？」

「うん、そう。可愛《かわい》くてもフェミニンコーデとかやらないようにしたし、言動にも気をつけるようになった。ナンパとかチャラ男を冷たくあしらって女友達をとにかく大事にしていたらさ、いつの間にかギャルとか言われるようになってた。あたしはこんなだし、中身は全然ギャルっぽいとは自分でも思ってないんだけどさ」

どんな格好をしてどんな振る舞いをしたところで、望む自分に近づけるだけで結局人は他人の目からでしか評価されないのだと実感した。思い込みやら先入観が入ってこられたらもう、評価される側にはどうしようもできない。

「そこまでされたのですか……辛《つら》くありませんでしたか？　大丈夫だったのですか？」

「うん。女の子を敵に回すことが少なくなったし、何より彩川南《さいかわみなみ》高校に進学したことがよかったよね。ウチの高校、基本的に皆穏やかで平和じゃん？」

「そうですね。確かにそれは、本校の自慢できる校風かもしれませんね」

高校生になって生きやすくなったと感じたとき、おばあちゃんの言いつけを守って勉強を頑張ってよかったと思ったものだ。進学校に入ったくせに、ママの方針で大学進学は難しそうなのはちょっと残念だけど、後悔はしていない。

「で、話は戻るんだけど。それでもあたし、恋を経験してみたいっていう気持ちがあったの。だから男の子から告白されて、好きになれるかもって思ったら付き合ってみるんだけど、やっぱり長続きしなくて」

友達だったりクラスメイトだったり、委員会で一緒になっていたり……それなりに親交があって仲のいい男の子から熱心に愛を告白されたときは「好きになれるかもしれない」と思って受け入れてはみるものの、上手くいった例《ためし》はない。

航《わたる》もそのパターンで付き合って、失敗してしまった。元々は涼香《すずか》や不破《ふわ》と一緒に遊んでいた、大切な友達のひとりだったのに。

「……上原さんが恋をしようと試みるのは、深層心理では愛を求めているということなのでしょうか？　……あ、不快に思われたのなら申し訳ございません。私の勝手な推測ですので聞き流していただければと」

「こんなに真剣に話を聞いてくれる先生を不快に思うわけないじゃん。だからさ、なんていうか……本気で人を好きになってみたいけど、恋をしたら自分が自分でなくなっちゃうっていうか、別の何かに支配されちゃうんじゃないかって……怖いんだよね」

あたしが恋愛に躊躇《ちゅうちょ》してしまう最大の理由だった。

自分の人格だとか生き方まで崩壊してしまうなら、恋愛なんてしないほうがいい。そう思って頭の中で無意識のうちにブレーキをかけているあたしは、冷静というより臆病と表現した方が近い気がする。

涼香も、友達も、皆ができていることがあたしにはできないコンプレックス。

いつか、胸を焦がすほど誰かを好きになれる日なんて来るのだろうか。

「不安を打ち明けてくれて、ありがとうございます。思っていることを言葉にすることは大切です。どんな悩みも、ひとりで抱え込むことが一番危険なので」

優しい声音でそう言ってくれた先生に対して、あたしはなぜか不満だった。

「また、そんな〝先生〟っぽいこと言って……あたしは別に、〝先生〟としての言葉がほしかったわけじゃないし」

〝先生〟としての言葉なら、担任の矢部《やべ》にも数学の浦野《うらの》にも、緋沙子《ひさこ》さんにだって言える。そういうのは求めていない。大人という立場からだけの言葉なんて、鬱陶しいだけ。

「……すみません。嫌な思いをさせたいわけではなかったのですが……」

申し訳なさそうに謝る先生を見て、あたしは自分の顔が羞恥で赤くなるのを感じた。

なんてガキなんだろう。思い通りにならないからって、先生があたしの望んだ返答をくれなかったからって不貞腐《ふてくさ》れるなんて、自分の要望を通したくて我儘《わがまま》を喚《わめ》いているのと同じだ。

部屋が暗くてよかった。背中を向けていてよかった。こんな顔を見られずに済んだから。

「ごめん、聞いてくれてありがと。ちょっとスッキリしたかも」

猛省して明るい声を出して、ただ素直に礼を述べる。

話を聞いてくれた。否定せずに、笑ったりもせずに、ただ聞いてくれた。話したいと思わせてくれた。ただそれだけで十分じゃないか。

頭ではそうわかっているのに、あたしの心はまだ納得していないようだった。

背中を向けていてよかったと思ったばかりだというのに。あたしはゆっくりと体の向きを変えて、先生の方を見た。

「先生、こっち見てよ」

衣擦《きぬず》れの音がする。仰向けになっていた先生はあたしに体を向け、目と目が合った。

「あのさ、眼鏡ないほうがいいよ」

「そうですか？　でも、コンタクトレンズは面倒くさいので」

「眼鏡外しているとどこまで見えるの？　もっと顔近づけてみてもいい？」

「……眠れないのなら、本でも読みましょうか？」

「あ、子ども扱いしたー」

「子どもじゃないですか」

自分でもわかっている。親の愛情を試すためにわざと我儘に振る舞う子どもと、あたしのやっていることは何一つ変わらない。

ママの顔色を窺《うかが》いながら育ってきたあたしが長《た》けているのは、空気を読む力。

それなのにあたしは今、先生に子どもだとより強い一線を引かれてしまうとわかっているのに、〝その言葉〟を引き出すためにわざわざ先生を挑発しようとしている。

なんて愚かで、単純な思考回路からくる行動だろうか。あたしは腕を伸ばして、先生の手を取った。

あたしの動きをじっと見ている先生を試すみたいに、細い手首を掴《つか》んで持ち上げてあたしの顔付近まで近づけて、そっと唇を触れさせた。

さすがに驚いたのだろう。先生の目は見開かれた。

「キスってさ、する場所によって意味が変わってくるって知ってた？」

「……いいえ。手首に口づけるのは、どういう意味なのですか？」

手首へのキスは、『欲望』を意味する。

だけどあたしは、先生からの問いには答えない。知りたい欲を抱えて気になったまま、調べるまでの間あたしのことが常に頭にちらついていればいい。そしてあたしが先生にどんな言葉を望んでいるのか、頭を悩ませてほしい。

どう？　先生。あたし、誰かを本気で好きになったことはないけれど、先生とは違って男と交際した経験はあるんだよ。

それでもあたしのこと、子どもだって言える？

先生は微《かす》かに溜息《ためいき》を吐《つ》いてから、ふっと笑った。

「上原さんは、どうしても私に『大丈夫ですよ。上原さんならいつか必ず素敵な恋ができると思います』……と、言ってほしいみたいですね」

淡々とした声が耳朶《じだ》まで届いて、熱を帯びる。なんでこの人は鈍感だし普段は全然空気も読めないくせに、大事なところは気づいてくれるのだろう。

心の中を読まれて恥ずかしいのに、気づいてくれてうれしいという気持ちもあるから、あたしは上手に言葉が紡《つむ》げない。

「べ、別にそういうわけじゃ……！」

「根拠のない言葉で背中を押すなんて、私にはできませんから、上原さんの望む返答はできません。ただ、私はどんなときだってあなたの味方で、あなたを応援していますので」

目頭が熱くなって、胸の奥から湧いてくる言葉が喉で詰まって苦しかった。

今までにない強い胸の鼓動を感じている。同じベッドにいる先生には振動が伝わってしまっているだろう。

「な、なんか眠くなってきちゃった。そろそろ寝よ？」

もうこの話は終わりにしよう。あたしが明確に終わりを告げなければ、先生はあたしのことを心配して眠らないだろうから。

たぶん同じ話を航だとか今までの元カレに話していたなら、彼らはきっとあたしを体で慰めようとしてきただろう。

手を繋《つな》いだり、抱き締めあったり。肌と肌が触れ合うだけで、確かに得られる安心感がある。あたしは違うタイプだけど、依存してしまう女の子が存在する理由がわからなくはない。

でも、あたしと先生だったら、たとえば寂しさを緩和するようなセックスで気持ちを昇華したり、気分を変えたりすることはできないと思う。理知的に言葉を尽くして、自分で気持ちに折り合いをつけるだけ。

そう考えると——経験がないからあくまで予想に過ぎないけれど、女同士なら理性を忘れない安心感と、逃げが許されない寂しさがあるのかもしれないと思った。

もしそうなら、男に恋をするよりも安堵《あんど》できるのかも。だから根本的に男を信用していない節があるあたしは、女である先生に惹《ひ》かれつつあるのだろうか？

……わからない。っていうか、きっとこういうのって頭で考えるのも違う気がする。

寝る前に考え事するのって良くないって聞くし、今日はもう寝てしまおう。

「そうですね。おやすみなさい、上原《うえはら》さん」

「おやすみ、せんせー……」

就寝の挨拶を経て、会話がなくなってから数分。規則正しい寝息が聞こえてきて、あたしはそっと目を開けた。

暗闇にも目が慣れてしまったせいで、至近距離にいる先生の顔が見えてしまう。

メイクをしてあげたときも思ったけど、眼鏡をとった先生って本当に綺麗《きれい》だ。髪の毛も下ろしているせいか、印象も変わって美人度に拍車がかかっている気がする。

っていうか、生徒が同じベッドにいるっていうのに、普通に寝息立てているのが信じられないんですけど？　なんで寝れんの？　……心、乱されているのはあたしだけなの？

先生が起きてもおかしくないくらいの、大きな溜息を吐いた。眠っているのをいいことに、吸い込まれるようにじっと寝顔を見つめてしまう。

同じ布団《ふとん》で寝ていても、こんなに近くにいても、先生が何を考えているのかなんてあたしにわかるはずもない。逆に、あたしが先生の寝顔を見てキモいことを考えたとしても、先生には何も伝わらない。

結局、人が人に気持ちを伝えるためには、言葉を使わなければならないのだ。

だけどあたしは先生のことが気になってはいるとはいえ、涼香が不破に向けるような、ママが彼氏に抱くような感情を抱いているとは思っていない。

経験がないから自覚がないだけ？　──それとも、あたしに覚悟が足りていないだけ？

思考の海に溺れながらも、ベッドのなかで混じり合う体温のせいか、やがてあたしもウトウトと瞼《まぶた》が重くなってきた。

夢の中に先生が出てきた気がする。

あんまり覚えていないんだけど、とても幸せな夢だった。

☆

翌朝。目が覚めたとき、先生は隣にいなかった。

不安になって飛び起きたものの、キッチンの方から音が聞こえてきてほっとした。

先生は一体、何をやっているのだろう。手櫛《てぐし》で髪の毛を整えて、ベッドから降りた。

寝室から出るとすぐに、紙皿をテーブルに並べている先生の姿が見えた。

「……おはよー、先生」

「あ、おはようございます上原さん。今、朝食を用意していますから」

テーブルの上には昨日あたしが作ったマカロニサラダと、白米と、紙コップに注がれた烏龍茶《ウーロン》が用意されていた。紙皿に盛って並べただけとはいえ、あたしのために準備してくれたことがうれしくて頬が緩んだ。

「ありがと。先生って早起きなんだね」

「休みの日でも六時起きが習慣なので。今日はさすがに、少し寝坊してしまいましたが」

自分に厳しい先生がバツの悪い顔をしている。……まだ八時なんだけど。これで朝寝坊って言われたら、夏休み中は昼過ぎに起きるのがデフォのあたしって先生からしたら堕落しているって思われるんだろうな。

「洗面台借りるね」

最低限の洗顔とスキンケアだけして、スッピン&頭ボサボサの状態のまま先生の対面に座る。恥ずかしいところなんてもういっぱい知られちゃったし、先生の前では取り繕う必要もないもんね。

先生が手を合わせたので、真似《まね》して「いただきます」と呟《つぶや》いた。マカロニサラダを口に入れると、白米を飲み込んだ先生が尋ねてきた。

「美味《おい》しいですか？」

「美味しいに決まってる。あたしが作ったんだから」

「それもそうですよね。……ふふっ、ご、ごめんなさい。なんかツボに入っちゃって」

そう言って笑う先生を見ていたら、なんだかあたしも笑いが止まらなくなった。

なんてことのない、普通の朝。

いつもこんな朝だったらいいのに。朝起きたら誰かがいて、「おはよう」を言い合って、「いただきます」で一緒に朝食を食べるみたいな、普通の朝。

あたしはその相手に、どうやら先生を望んでいるみたいだ。

第五章　先生のせいで

人生で一番長かった夏休みが明けた。

今日から二学期の通常授業がスタートしたものの、クラスの中にはまだ夏休みムードが漂っている。

日焼けした人、髪を染めた人、彼女ができた人、猛勉強して自信をつけた人——皆何かしらの変化があった……らしい。

だけど、他人のことばかり気にしていられないっていうのが正直なところ。あたしはあたしで、この夏は結構大きな変化があったから。

窓の外を見る。天気は曇り。今日は言語文化の授業がないのを残念に思うあたしがいる。

最近、勉強に身が入らない。意味もなく溜息が増えた。友達と遊んでいるときも、気持ちが乗らない。……全部、先生のせいだった。

もう誤魔化しようがない。あたしの中で、筧莉緒《かけいりお》っていう地味で真面目でつまんないはずの国語教師が、かなり大きな存在になりつつある。

先生の家に泊まったあの夏の夜から、変なのだ。

今までのあたしが知らなかった感情が、あたしの意思に関係なく形を作ろうとしているみたいで落ち着かない。

先生のことを考える時間が増えれば増えるほど、あたしは自分を見失っていく気がして怖かった。

人を好きになるのが怖いって気持ちを吐露したばかりなのに、その話をした相手のことが気になって仕方がないって悩むなんて、先生からしてみたら不可解な行動だろう。

どうして、先生に触れたいと思うのだろう。……触れてほしいと、思うのだろう。

いや、わざと迂回《うかい》しているだけで、あたしはきっとその答えを知っている。でも、気づいちゃいけないいんじゃないかって、自分の気持ちから顔を背けているだけ。

だって、それを認めてしまったら、あたし――止まれなくなってしまう。

☆

ぼんやりしているうちに四時間目の授業は終わり、昼休みになっていた。

涼香《すずか》と一緒に中庭へ向かっている最中、シンプルで地味な格好をしているやけに姿勢のいい歩き方をする人を見つけた。

泊まりに行ったあの日から、話す機会がなかった人。昨日の始業式で姿を見かけたっきり、顔を見られなかった人。

今、あたしの中で『別に用がなくてもとりあえず会って話がしたい人』ランキング一位を独走中の筧先生の後ろ姿を見た瞬間、頬が緩んで我慢ができなかった。

「せーんせ♡」

駆け足で近づいて顔を覗《のぞ》き込むようにして話しかけると、虹彩《こうさい》の薄い大きな瞳があたしに向けられる。それだけでテンションはさらに上がった。

「こんにちは、上原さん」

「えー？　なんでそんな他人行儀なの？」

「そんなつもりはありませんよ。夏休み気分が抜けるのは時間がかかるでしょうが、二学期も気を引き締めていきましょう」

先生は相変わらず堅苦しいことしか言わないのに、不思議とうれしくなる。

「はーい。先生もまたパルムに食べに来てね♡」

「そうですね。美味しかったので再訪したいのですが、やはり生徒の勤務中に行くのは気が引けますので上原さんがいないときに行きます」

「なんでよ。それじゃ意味ないんだけどー」

笑いながら先生の背中を軽く叩《たた》いていると、涼香が小首を傾《かし》げていた。

「メイサと筧先生って、そんなに仲良しだったっけ？」

「まあね。特別な関係と言っても過言ではないかな」

「過言です」

「ひどっ。まあいいけど。じゃね、先生」

「はい」

あたしと涼香は何事もなかったかのように、再び中庭に向かって歩を進める。先生と話したことなんてよくあるイベントの一つに過ぎない、とでもいうように。

それなのに、中庭のベンチに腰掛けてメロンパンを食べようとするあたしに、涼香は爆弾を落としてきた。

「メイサってさー、筧先生のことめっちゃ好きなんだね」

「え？　なんで⁉」

「だって、あからさまに機嫌よくなったし。うれしそうだし」

こんな無垢《むく》な感じで指摘されると、めちゃくちゃ恥ずかしい。

……あたしの先生に対する気持ちって、第三者から見たらどういう名前を付けられるのだろう。……客観的な意見が聞きたい。

そしてその相手は、今度は先生じゃダメなのだ。

ちらりと涼香の様子を横目で窺《うかが》う。小さいお弁当箱を広げる親友に、できるだけ自然を装《よそお》って話を振ってみた。

「ぜ、全然話変わるんだけどさ！　最近ね、あたし……ちょっとだけ、いいなって思ってる人がいて」

とはいえ、あたしにはどうしたって緊張する話題だったせいか、声が上ずって自然とは程遠い感じになってしまった。……涼香は気づいてしまっただろうか？

「大袈裟《おおげさ》にリアクションしたかったんだけど、ごめん。わたしたぶん、メイサの気になってる人、わかる」

「え⁉　ウソ⁉」

動揺しながら顔を上げると、涼香は口元に笑みを湛《たた》えながらじっとあたしの目を見つめていた。

「さっきの言葉、もう一回言うね？　メイサ、筧先生のこと好きなんだね？」

想像以上の超ストレートな質問が、あたしの心臓を射貫《いぬ》く。

言葉に詰まってしまった。涼香の明け透けな鈍さは、あたしの思い込みだったのかもしれない。涼香はあたしの想像以上に、いろんなことを察している気がする。

涼香からは無邪気な好奇心というよりも、答えを知っているのにわざと小首を傾げるかのような小悪魔っぽさを感じる。

下手な言葉を口走って墓穴を掘りたくないし、まだあたしのなかでも納得できていない感情を暴かれることはされたくないと思った。

「いやいや、七歳も年上だよ？　学校の先生だよ？　それに……女だよ？」

「なんで誤魔化そうとすんのさ。気になってるのは間違いないでしょ？　それにわたし、メイサが筧先生を見るときの視線とか、柔らかくなった雰囲気とかで間違いないって思ってたけど」

「えー？　それって涼香の思い込みと妄想じゃん？」

「っていうか、わたしずっと気になっていたことがあるんだけどさー、どうしてメイサの恋愛って相手が男であることが前提なの？　好きなら別に男でも女でも関係なくない？」

思わず、目を瞬《しばたた》かせていた。涼香の口から発せられるにしては、あまりにも意外性のある言葉だったからだ。

「涼香ってそういうの嫌がるっていうか、偏見みたいなものがあるのかなーって思ってたけど……」

涼香は自他共に認めるイケメン好きだし、今は不破《ふわ》っていう彼氏と相思相愛だし、中学のときだって普通に男子と交際していたし。

「全然ないよー、本人たちがいいならいいんじゃない？　って思ってるタイプ。ま、わたしはどうしたって女は恋愛対象にならないけどね」

「そ、そうなんだ……」

どうやらあたしのほうが、涼香に対してある種の決めつけをしていたらしい。反省しないといけないな。

「でも同性同士の恋愛って、法の縛りがある分大変なところはありそうだよね。よっぽど相手のことを好きじゃないと続かなそうだとは思う」

そう言われて、あたしは無意識のうちに先生のことを思い浮かべていた。何もかもを差し置いても「好き」だと思える感情を、あたしは本当に持っているのだろうか。

ふと、食べているメロンパンに視線を落とす。

涼香と不破みたいなカップルは、皆から憧れられている。

見た目がよくて、お互いに相手のことを大好きだってことがよく伝わってきて、傍《はた》から見ているだけで幸せになれるから。

ふたりでデートに行って写真を撮って、どこに行って何をして、どう思ったのかをSN

Sにアップして。街中で手を繋《つな》いでいても誰も奇異の目で見ることのない、微笑《ほほえ》ましい視線すら投げかけられる、ごく普通の高校生カップル。

そんな普通の幸せを当たり前のように享受する涼香に対して、あたしは憧れというよりも羨ましさを覚えている。

あたしだって、ただ甘いだけの恋をしてみたい。

人に相談も自慢もできるような恋愛を、してみたい。

——だけど。そうやって理性でコントロールなんてできないくらいに惹《ひ》かれる相手がいることが、恋だというのなら。

それを含めて自分自身で認められるようになるまで、誰にも介入してほしくはない。

一つの大きな覚悟が決まったあたしは、ようやく涼香の瞳をしっかりと見つめ返すことができた。

「あのね、涼香。あたしから相談しようとしていたくせにって感じなんだけど、ちょっとだけ待ってもらっていい？」

「うん、わかった。話したくなったらいつでも言って」

あっさりとした返事は涼香のスタンスがニュートラルであることの証明であり、それだけで信頼できると思った。

この気持ちがどこに向かうのか今はまだ何もわからないけれど、何かあったら涼香にはちゃんと報告しようと思った。

メッセージアプリのトーク画面を意味もなく開いて、先生からの返信がないことを確認して、閉じる。暇なときのルーティンと化してしまった無意味で悲しい行動を取ったあと、溜息《ためいき》を吐《つ》いた。

先生の家に泊まった日、やっと連絡先を教えてもらえた。

だけど、舞い上がったのは最初だけだった。やり取りを望む人から返信が来ないのって、どうやらとても寂しいことなのだと初めて知ったのだ。

先生にとってメッセージアプリは用件伝達のツールでしかないから、ただ繋がりを求めてあたしが意味のないメッセージを送ったとしても、まず返信は来ない。とって付けたような質問を最後に送ると、ようやく短い返信がくる。

三回既読スルーされて一回返信が来るのがデフォ。他人をもっと知りたいと思う気持ちも、返信が来なくて何度もトーク画面を見てしまう行動も、今までのあたしにはなかったことだった。

『先生の家のお皿を買うの、いつにする？』

直近で送ったメッセージはさすがに緊張したから、いつも以上に返信を待つ時間はソワソワしてしまう。ずっとスマホを手に持っていたせいで、ミュートしている航《わたる》からのメッセージにもすぐ気づいてしまう羽目になった。

『大事な話がある。今メイサの家の近くにいるんだけど、少しでいいから会えないか？』

……家の近くにいるって、ストーカーじゃん。

どうせ復縁を望まれるだけだろうし無視しようかとも思ったけれど、逆上されて家に来られたりしたらたまったものじゃない。

時刻は二十時前。まだ人気もあるし、さっと会って今度こそ諦めてほしいって直接説得したほうが得策かもしれない。

航に待ち合わせ場所と時間を指定し、部屋着から私服に着替えた。家を出る前に、トーク画面をもう一度だけ確認する。

先生からの返信は、まだ来ない。

☆

駅近の店で待っていた航は、あたしが対面の席に座ると安心したように微笑んだ。

「メイサ。来てくれてありがとな」

一度は恋人だったというのに、今はその声で名前を呼ばれるだけで嫌な意味で胸がざわつく。

「大事な話って、何？　急に呼び出されて超迷惑してんの。早くして」

「でも、来てくれたじゃん。少しは期待していいんだよな？」

「いい加減にしてよ。もうやめて。元カレがしつこいってストレスでしかない」

やり取りを望む相手から返信がこない寂しさをあたしはもう知っているのに、自分が望まれたときにそれができるとは限らないらしい。

……あたしが航からのメッセージを面倒だとか嫌だと思うのと同じように、先生があたしからのメッセージを鬱陶しく思っていたらどうしよう。

考えないようにしていたけれど、航と話したことでリアルを突き付けられた気がして急激に不安に駆られた。

「今、他の誰かのことを考えてるだろ。いいのか？　俺に集中しなくて」

思考を覗《のぞ》かれたような驚愕《きょうがく》と恐怖で、全身に鳥肌が立った。

「そういう発言ってナルシストっぽいからやめなよ。二次元キャラでも人を選ぶ台詞《せりふ》だよ」

平静を装うあたしを見つめる航の視線が怖い。本能が直感する。――こいつにだけは、あたしが先生に抱きつつある感情を気づかれてはいけない。

そう思っているのに、事態は最悪の方に転がりつつある気がしてならなかった。

「メイサ。もう一度だけ、聞いてほしい」

ゆっくりと諭すように声を出しているようだけど、航が緊張していることが伝わってくる。あたしに交際を申し込んでくる男の人は必ず、期待と緊張と不安と覚悟を混ぜた独特の空気を出しているから、いつもわかりやすいのだ。

そうやって過去の経験から学んでいたあたしは、このタイミングで航があたしに告白をしようとしていることを容易に察した。

「俺、やっぱりメイサが好きだ。もう一度やり直したい」

「ごめん。何度も言ってるけど、あたしはやり直す気なんてないから」

誠意のある返事をする。正しくは、誠意のあるフリを。人としての礼儀と、航にあたしを完全に諦めてもらうための、打算的な演技で。

視線が交錯する。互いに相手の胸中を探るような緊迫感しかない眼差《まなざ》し。恋愛とはまるで異なる質の心臓の騒音。

息を殺すような沈黙を経て、何かを言いたそうな顔をしていた航は小さく息を吐いた。

「そうか……わかった。あーあ……〝真っ向勝負〟じゃ、ダメだったか」

今まで散々しつこくあたしに付き纏《まと》ってきたくせに、急に聞き分けがよくなった。疑問に思いつつも、これであたしのことをキッパリ諦めるつもりなのだろうと思い込んだ。

ようやく、航に悩まされることもなくなる。そう思ったあたしは少しだけ肩が軽くなった気がした。

「付き合う前みたいに友達に戻ろーよ。不破とか涼香《すずか》とか、皆で一緒に遊んでいたときみたいにさ」

「皆ともいいけど……今はお互い相手もいないことだし、またふたりで遊びに行こうぜ。俺、メイサと行きたいところがあるんだよな」

「いや、元カレと理由もなくふたりで遊びに行くとか無理でしょ」

「は？　遊びに行くだけだろ？」

「気分が乗らないよ。好きでもない人とデートするなんて時間の無駄としか思えないし」

最初は驚いた顔をしていた航は、次第に皮肉っぽく口の端を吊《つ》り上げた。

「……変わったな、メイサ。俺と付き合う前のお前は、誘われたら軽い感じでついていくような女だったじゃん。何事も経験してみるっつーか、あんまり考えてないっつーか」

何も考えていなかったわけじゃない。人を好きになる気持ちがわからなかったあたしは無理してでも行動してみることで、経験してみることで、何か得られるものがあるんじゃないかって思ったゆえの頑張りだった。

あたしの努力を否定するような航の言い方には普通に腹が立った。

「なんなの？　ケンカ売ってんの？」

「そんなわけないだろ。……あんまり、こういう手段は取りたくなかったんだけど」

航と目が合う。なんだか、嫌な予感がした。スマホを操作する航を見ていたら、心臓が締め付けられて冷や汗が背中を伝った。

あたしたちの間に流れているのは、甘さとは無縁の不安と緊張感だった。

「……これ、お前だろ？」

見せられたのは、あたしが先生の車の助手席に座っている写真だった。

嫌な予感がすると警戒していたからだろうか。頭が真っ白になるような衝撃を与えられると同時に、この先のことを一瞬で考慮できるほどの冷静さも持ち合わせていた。

最初に頭の中を過った懸念《けねん》は、先生の立場だった。

たとえ同性だとしても夏休み中、しかも夜に、プライベートでふたりで会ったなんて咎《とが》められるに違いない。

焦《あせ》りから上手《うま》く声が出るのか不安になりつつ、丹田に力を込める。

「人違いじゃない？ っていうか、前から言おうと思ってたんだけどさ。女を『お前』呼びする男って、あたし大っ嫌いなんだけど」

「俺がメイサを見間違えるわけないだろ。しらばっくれるなら友達に確認してもらう。そうだな。念のため大勢に見せた方がいいよな？」

思わず目の前の飲み物を頭からぶっかけてやりたくなった。

この写真を見られる相手が増えるのは避けたい。航の思い通りになるのは心底イラつくけれど、話を聞くしかなかった。

「あたしを尾行したの？」

「アプリで居場所を確認しただけだ。俺はメイサからはメンバーを外されているけど、愛《まな》実《み》とメイサは繋《つな》がってるだろ？　その日、俺は愛実を含めた五人で遊んでた。メイサを誘おうかって話になって……アプリで、お前がバイトの日だって知った。向かうのが遅くなって最寄りのコンビニ辺りを歩いているときに……偶然、お前が筧の車に乗るところを見たんだ」

最悪。あたしの考えが甘かった。友達も皆やってるからって理由で使っていた位置共有アプリだけど、今日中に削除する。絶対。

「っていうか、皆と解散したあとあたしがまだいるかなって思って、バイト先まで来ようとしたってこと？　やめてよ。キモ」

「俺の知ってるメイサは賢い。そうやって捲《まく》し立てるように俺への不満を口にするのも、俺の意識を筧《かけい》以外に逸《そ》らしたいからだ。違うか？」

悔しくて唇を噛《か》む。なんでこんなやつに、あたしの言動を見抜かれてしまうのか。

「別に、たまたまバイト先に食事に来た筧先生に帰り車で送ってもらっただけだよ」

「それって、どれだけの人間が信じるんだろうな。噂《うわさ》ってのはすぐに尾ひれがついて面白おかしく広がっていくもんだろ」

「航が言わなきゃ広がらないでしょ」

「この状況で、俺が素直に聞き入れると思うか？」

「……最低。この盗撮野郎」

航は大きく息を吸った。覚悟を決めたような表情だった。

「筧との関係をバラされたくなかったら、俺とヨリを戻そう」

さっき〝真っ向勝負〟と言っていた意味がわかった。これでダメだったら、卑怯《ひきょう》な手段もとる算段でいたということだ。

元々高くもなかった航への好感度は地の底まで落ち、幻滅の領域へ至る。そして同時に、先生の顔が脳裏を過《よぎ》る。

罵詈《ばり》雑言を吐いて航に怒りをぶちまけるのは簡単だ。できることなら、本能のままに今すぐ引っぱたいてどれだけ最低なことをしているのか思い知らせてやりたい。

でも、それで交渉の機会を自分から逃して、先生の立場を危うくすることだけはあってはならない。

「……何言ってんの？　航って、そんなやつだったっけ？」

冷静を心掛けて航を説得しようと声をかけたものの、やはり怒りの棘《とげ》は隠し切れなかった。それでも航はあたしに怒ることも嫌味を言うこともなく、妙に落ち着き払っていた。

「メイサって本気で誰かを好きになったこと、ないだろ？」

ギクリとして言葉に詰まってしまった。見透かされないようにしていたあたしの秘密を、どうして気づかれたのだろう。

付き合っているとき、あたしから一度も「好き」って言わなかったから？　手を繋ぐときに理由をつけて断ることが多かったから？　キスをするとき、無意識のうちに嫌そうな顔をしていたとか？

航《わたる》は悲しそうにも見える目を、あたしに向けている。その目はあたしに罪悪感を抱かせる。……あたしはとても残酷なことをしてしまったのだと、思い知らされる。

「……好きの基準は、人それぞれでしょ？　あたしと航じゃ愛情の重さだとか表現方法が違うだけだよ」

否定も肯定もせずに逃げを打つあたしを、航は鼻で笑った。

「だからメイサには、わからないんだよ。軽蔑されても、何かを失っても、好きな人を自分のものにしたいっていう気持ちが」

「……それは、自分の卑怯な行為を正当化してるだけでしょ？」

「なんとでも言えよ。で？　どうするんだ？　俺とヨリを戻すのか？　それとも……」

全く引こうとしない航にたじろいだ。自分の中の醜い部分を他人に見せる覚悟を持ちつつ、手段を選ばない狡猾《こうかつ》さを隠そうともしない人間を前に、あたしは何もできずにいた。

選択肢を与えられているのに、主導権を全部握られているやるせなさ。

嫌だ。航とまた恋人同士の関係になるなんて、絶対に嫌だ。

こんなやつと一緒の時間を共有したり、体を重ねたり、思ってもいない言葉を紡《つむ》いで嘘《うそ》をついていく未来を想像しただけで、吐き気がする。

――だけど……先生の立場を悪くするのは、もっと嫌だ。

あたしと先生は別に、やましいことなんて何もしていない。

先生はあたしのことなんて生徒のひとりとしか思っていないだろうし、言葉や体であたしの尊厳を傷つけるような真似《まね》は一切していない。

それでも、噂は誰にも止められない。

見た目で判断する人間が中身を見ようとしないように、大人と子ども、教師と生徒、女同士、ただそれだけの情報だけで、面白おかしくあたしと先生の人格ごと否定するような、好奇と悪意にまみれた噂が広がっていくことは容易に想像できる。

緋沙子《ひさこ》さんに憧れて、向いていないと言われながらも教師になった先生が、わかりやすい授業をするためにいつだって一生懸命な先生が、あたしとの事実無根の噂のせいで学校を辞めさせられるかもしれない。

それだけは、なんとしてでも阻止しなければ。

「……航。あたしと先生のこと……誰かに言った？」

「まだ、誰にも言ってない」

あたしの選択肢なんて、元からなかったみたいだ。

一度息を大きく吸って、ゆっくりと吐いた。

大丈夫、犠牲になっているつもりなんてない。ただ、補習前の関係に戻るだけ。それだけの話。

「……いいよ。ヨリ、戻そっか」

覚悟を決めて絞り出した言葉は、自分で聞いてみても辛《つら》そうだった。

「よかった。メイサならそう言ってくれるって信じてた。……手、出して」

膝の上に置いていた右手を渋々航に向けて差し出すと、優しい彼氏面《づら》をした航の大きな手に握られた。

そのくせ、その瞳には嫉妬心を滾《たぎ》らせながら、予想通りの言葉を発した。

「知ってると思うけど俺って嫉妬深いからさ、一個だけ約束してくんない？　筧とふたりきりで会うな。必要以上のことを話すな。……メイサならできるよな？」

「……うん、わかった」

もうどうだってよかった。あたしは投げやりになりながら、あたしの心を探ろうと必死に表情を観察してくる航の視線が不快で目を逸らした。

「俺は絶対にこの機会を逃さない。お前の気持ちを、俺に向けてみせる」

あたしが嫌な思いをしていることも、泣き出してしまいそうなほど辛いこともわかっているくせに、航がこんなことをする理由はあたしに恋をしているからだ。

人を好きになるってやっぱり、怖い。

モラルを無視した想像もつかない力で、普段は優しい人さえもこんな風に変えてしまうのだから。

――ねえ、先生。やっぱりあたしには、誰かを好きになるなんて……無理だよ。

☆

『食器を買いに行く件ですが、日曜日ならいつでも大丈夫です。上原《うえはら》さんに合わせますのでお手すきの日時を指定してください』

先生からのメッセージをずっと既読スルーしているあたしは、トーク画面を見るたびに今までとは違う胸の痛みで苦しくなっている。

航とヨリを戻し、先生と話さないようにと命令されてから二週間が経《た》っていた。

あたしが命令違反を起こさずに済んでいるのは、先生からあたしに話しかけてくることがなかったからだ。

先生にとってはやっぱりあたしなんて、たくさんいる生徒のうちのひとりでしかなかった。別にあたしと話さない日々が続いても先生は何も思わないのだろう。

わかりきっていたことなのに、驚くくらい落ち込んでいるあたしがいた。

一緒に食器を買いに行く機会も、おそらく永遠に失われてしまった。あたしではない誰かが、いつか先生の家の食器を選ぶのだなと思ったら、なんだかどうしようもないほど目頭が熱くなってくる。


「このとき作者が言いたかった気持ちが、この和歌に込められています」

授業で教室に先生がやってくるたびに、じっと見つめてしまう。

相変わらずの地味な格好、淡々とした声音。半分以上の生徒が真面目に聴いていない授業中、あたしだけは毎回先生の言葉を取りこぼさないように真剣だった。

航が違うクラスでよかった。彼の監視下を離れられる授業中だけが、先生との唯一の時間だったから。

「平安時代の貴族は意中の人に気持ちを伝えるときに、和歌を贈ります。スマホ世代の皆さんには理解できない感覚かと思いますが、告白一つとっても、時間と手間と和歌への知識が必要だったのです」

いや、先生だってスマホ世代じゃん、と胸中でツッコむ。

芸能人カップルとか、十歳差どころか三十歳差くらいもザラにいるのに……それなのにどうして、あたしと先生の間にある七歳の差はこんなに大きく感じるのだろう。

教壇に立つ先生と、座って授業を受けるあたし。

距離を挟んで対峙《たいじ》するあたしたちの間には、目には見えない境界線が引かれている。

それはもちろん教師と生徒という立場であったり、年齢差だったり、女同士……だったり、いろんな要素が絡《から》まった複雑な線だ。

隔たりが大きいほど厄介になるそいつを前に、あたしは立ちすくんでしまった。

もっと素直に、純粋な気持ちだけで最初から動けていたならば、何かが違っていたのだろうか。

線を意識してばかりで航に足をすくわれてしまったあたしが何を思っても、もう全部遅いけれど。

先生の声を聞きながら、机に突っ伏した。

授業態度が悪くてごめんね、先生。

でも、泣きそうな顔とか見られたくないから、許して。

☆

「ねーメイサー。今日も遊びに行けないのー?」

放課後になり、あたしの前の席に座った涼香《すずか》が膨《ふく》れっ面《つら》をしながら尋ねてきた。

「うん、ごめん。航とデートだから」

自分で口にした「デート」って単語に吐き気を催しそうになる。

ここ二週間——航とヨリを戻してからはずっと、バイトのない放課後は彼のために時間を割かなければならなかった。

外堀を埋めるように、航はあたしと復縁したことをあちこちで言いふらしていた。

先生の耳にまで届かないでほしいと思いながらも、航のことだからあえて自分から先生に伝えていそうな気もする。

「航くんとヨリ戻してから、メイサ付き合い悪くなった。やだー」

「浮かれている今だけだって。もう少し経ったら、航の束縛も減ってくるでしょ」

涼香はあたしの先生への感情や行動に対しては約束通り不介入を守っているから、あたしと航がヨリを戻したと聞いても目を丸くするだけで、何も言ってはこなかった。

その対応に、あたしは大分救われた。もし涼香に先生のことを口出しされたなら、あたしは心がぐちゃぐちゃになってしまって、涼香とも今まで通りの関係ではいられなくなると懸念《けねん》していたから。

「なんかさー、メイサも変わっちゃったよ。そんなに彼氏を優先するようなやつじゃなかったのにい」

唇を尖《とが》らせる涼香に「ごめん」と軽く謝りながら、本音を必死に抑え込む。

本当は言ってしまいたい。先生のことも、脅されていることも。

だけど、正義感の強い涼香は黙っていられるだろうか。航に直談判《じかだんぱん》しに行ってしまったらどうなる？　航が激昂《げきこう》したらどうなる？　……先生は、どうなる？

涼香を信用していないわけじゃない。良い子だと信頼しているからこそ、言えないことだってある。

「そうだ、今度ふたりで旅行行こ。明日計画立てようよ」

「絶対だよ？　颯真《そうま》くんからの誘いよりメイサを取るからね！」

甘えた声であたしとの遊びを優先すると言う涼香を見て、純粋に可愛《かわい》いなと思う。不破《ふわ》は涼香のこういうところも含めて、大切にしようと思っているのだろう。

……やっぱり、涼香には言えない。素敵な恋愛をしている涼香に、こんな歪《ゆが》んだ恋人同士の在り方を見せたくはない。

「あたしそろそろ行くね。不破、迎えに来るの遅いね？」

「今日はデートじゃないからね。もう少ししたらわたしも帰るよ」

「ふーん、珍しいね。じゃまたね」

ひらひらと手を振って教室をあとにした。航《わたる》はあたしとの交際が順調だと友達に見せつけたいのか、放課後デートのときは教室まで迎えに来てほしいと言ってくる。

バカみたいだ。こんな茶番を一体、いつまでやらないといけないのだろう。


放課後デートの行き先は、ファミレスが多い。

「なあ、メイサ。聞いてるのか？」

「聞いてるって。明後日《あさって》のデートの服の話でしょ？　ちゃんと航のリクエストに応えるって言ってるじゃん」

「そうだけど……はあ、もういいわ」

不満そうに溜息《ためいき》を吐いて、航はスマホを触りはじめた。

どうせいつもの怒っているアピールだろう。あたしが謝るまで許さないつもりなら、別にいつまでもケンカしたままでいいけど。

航はあたしの気持ちを振り向かせるとか言っているけど、今のところ心惹《ひ》かれた言葉とかエピソードは一つもない。

ただ一緒に時間を過ごすだけで、その人を好きになれるはずもないのに。そんな簡単なことで好きになれるなら、あたしだってとっくに誰かを好きになってきたはずだし。

「この間俺の友達が、筧《かけい》に告白したらしいよ」

「……え？　ウソ。誰？　どうやって？　先生はＯＫしたの？」

捲《まく》し立てるように質問をしてから、ハッとする。あたしを観察するかのような、航の視線が突き刺さる。

「筧の話になると表情が変わるよな。食いつきも全然違う」

「……女子高生だからね。そりゃ恋バナには食いつくでしょ」

誤魔化しになっていないって自分でもわかる。だって、普段のあたしが他人の恋愛話に全然興味を持っていないってことを、航は知っているからだ。

「……店、出るか」

「ん、わかった」

いつもなら一緒にいる時間を引き伸ばしたがる航が、珍しく早い時間に切り上げた。まだ〝怒っているアピール〟は続いているのだろうか。面倒くさ。あたしとしては、早く帰れるからラッキーだけど。

夏休み中に比べたら秋の気配は漂っているとはいえ、まだ暑さは残っている。それでも、陽《ひ》が落ちるのが早くなったなとぼんやり思いながら空を見上げていた、そのときだった。

「メイサ」

名前を呼ばれると同時に、腰に手を回された。

一瞬で体に走る電気のような、嫌悪《けんお》感。露骨に態度に出すと先生の立場が危うくなると思い、反射で手を振り払わなかったのは我ながら冷静だったと思う。

「なに？　どうしたの？」

優しく言ってそっと離れようとするあたしを、航は逃がしてはくれなかった。

「ふたりきりになれるところに行こう」

「えっ……な、なんで？」

動揺を隠せない。今日までいろいろ脅されてきたけれど、エッチだけは強要されなかったから油断していたのもある。

あたしを振り向かせるとか言っている男が、考えられるなかで最悪の手段をとってくるとは思っていなかった。

「なんでって、俺たち付き合ってるんだから普通じゃん？」

「や、普通ってなに？　航にはそういうつまんない価値観で行動してほしくないな」

笑ってやんわりと断ってみても、航の手はあたしの腰から離れない。

「ヨリを戻す前も俺たちは一度もヤらなかった。メイサが大切だったから、お前の心がちゃんと俺に向けられるまで手は出さないって決めていたからな。だけど、もういいだろ？　今のままだと結局何も変わらない。体を重ねて初めて愛が生まれることもあるはずだ」

航の目の色が変わっている。こんなの、ただヤりたいだけの詭弁《きべん》じゃん。

嫌だ。航から……というより、他人から性的な欲求をぶつけられるのが本当に気持ち悪くて、堪えられなかった。

嫌だって、もっと強く言わないと。航は周りが見えていないだけで、こんな最低な男じゃない。ちゃんと拒否すればわかってくれるはずだ。

「あのね航、あたし、エッチは嫌だな。もう少し長く付き合ってからがいい。待っててくれる？」

「もう少し長く付き合える保証がどこにある？　メイサの気持ちはまだ一ミリも俺に向いていないっていうのに」

今までとは違うトーンの声音だった。航の顔を見ると、自嘲することもできずに思いつめた表情をしていた。

「……わかってるよ、俺がめちゃくちゃ卑怯《ひきょう》だってことは。それでも、俺にとってはメイサと一緒にいられる日々は夢みたいなんだ。だから、明日にはこの関係は終わってしまうかもしれないって考えると……いつも不安で、焦《あせ》りしかないんだよ」

あまりにも必死な姿に、思わず言葉を噤《つぐ》んでしまった。

あたしは航みたいに、ここまで真剣に誰かを好きになったことがない。だから航の苦しみを、彼の行動を、理解できない。

そして、こんなにも想《おも》われているのに冷静に航の気持ちを分析しようとしている自分の冷たさにゾッとする。こんなあたしは、一生人を好きになれないのかもしれない。

それでも、ここは越えてはいけない線だと思った。

もし情に流されたり抵抗を諦めたりして体を許してしまったら、あたしがあたしでいられなくなってしまうだろうから。

「航の気持ちをわかってあげられなくてごめん。でも、エッチは無理だよ。お願い。あたしの気持ちも考えてほしい」

あたしの腰に回している航の手の力が、ふっと緩んだ。たぶん、伝わったのだと思う。

理解してくれたのだと安堵《あんど》した瞬間、あたしのスマホの振動音が響いた。無機質な音が、無言のあたしたちの間に流れている。

「……誰？　出て」

航は、強めにあたしの左手首を摑《つか》んだ。何かを間違えたら殺されてしまうのではないかと思わせるような怖さに怯《おび》えながらスマホを見ると、『先生』と表示されていた。

さっきは「出て」と言ったくせに、航は急に目の色を変えてあたしからスマホを取り上げ、電話も切られてしまった。

「なんでかかってくるんだ？　筧との関係は絶てって言ったよな？」

「かけてきた理由なんてあたしにもわかんないよ。っていうか、絶てとは言われてない」

「いや、言った。約束を破ったのはメイサだろ？」

思い込みが激しく視野の狭い航にどう言えばいいのかわからないまま、あたしは航への恐怖と先生からの初めての電話を切られたショックで、精神的に限界を迎えつつあった。

「ねえ、お願い。今日は帰らせて」

逃げようとするあたしを、航は解放してくれなかった。握られている手首は痕がつきそうなほどに痛い。

「だから、あんまり言わせんなよ。……筧とのこと、バラされたいのか？」

――なんであたし、こんなやつと付き合っていたんだろう。

見る目のなかった自分に腹が立つ。だけど、こんな言葉を吐かせてしまったことにそれ以上の強い罪悪感を覚える。

航は優しくて、面白くて……やり方は少し過激だけど、とにかくあたしのことを愛してくれて、大切にしてくれようとしていた。そんな人に愛情を返せなくて不安にさせてしまったあたしにも問題はあるんだよね、きっと。

航に対する罪悪感が、あたしの反抗心も抵抗も抑え込んでしまった。

たかがセックス。そう思って割り切ればいい。それだけで先生を守れるのならば別にいいじゃないか。

何も言わなくなったあたしを見て同意を得たと思ったのか、あたしの手を引いて航は目的地に向かって歩を進めた。

今になって思えば、これは最初から航の計画だったのだろう。駄弁《だべ》っていたファミレスがホテルの近くにあったせいで、あっという間に建物の前に到着していた。

大人しくなったあたしに、航はおそらく彼の中で一番穏やかな声音で告げた。

「優しくする。メイサに好きになってもらえるように、俺頑張るから」

なんて浅はかなんだろう。体が繋《つな》がったからって、心がそう簡単に開くはずもないのに。

世の中にはそれが直結している人もたくさんいるだろうし、あたしが全否定するのはダメだとわかっている。

——だけど、上原《うえはら》メイサはそうじゃない。

あたしの中にある小さなプライドが、流されかけていた心に活を入れる。

あたしはセックスで得られるであろう多幸感や安心感よりも、自分が自分でいられることを優先する。「セックスをすれば好きになってもらえる」なんて、航に思われているのは堪えられなかった。

急に足を止めたあたしを、背の高い航は見下ろしている。

「エッチしても何も変わらないよ。あたしは航を好きにならないと思う」

「やってみないとわからないだろ。ほら、入ろう。俺がどれだけメイサのことが好きか、わからせてやる」

航の力は強くて、普通の女ではどれだけ抵抗したとしても男に押さえ込まれたらどうしようもできないという本能的な恐怖に襲われた。

今からこの男に抱かれるのかと思ったら、背筋に悪寒《おかん》が走った。

無理。怖い。嫌だ。触ってほしくない。

どうしよう。お願い。助けて。誰か、助けて。

助けて――先生！


「合意には見えませんが」


心の中で呼んだ人の声が、ずっとずっと聞きたかったその声が聞こえた気がして反射的に振り向くと、汗だくで息を切らしている先生の姿があった。

「……先生……！」

あたしはその姿を一目見ただけで――どうしてだろう。泣きそうになってしまった。

近づいてきた先生は、あたしを拘束していた航《わたる》の手首を掴んだ。

「嫌がる相手に無理を強いる行為は、看過できません」

普段は綺麗《きれい》な眼鏡の奥の瞳が、厳しく航を責めている。

あたしを庇《かば》うように間に入る先生の背中は細くて一見頼りなく見えるのに、あたしをこんなにも安心させてくれる。今すぐに抱きつきたい衝動に駆られる。

でも、先生も女だからやっぱり力で対抗できるはずもなくて、航に力づくで手を振り払われていた。

「覚《かけい》……なんでここにいんの？　メイサのことが気になっていつも尾《つ》けてんの？　同性の生徒に付きまとうとか、ガチの変態じゃん」

一度も聞いたことのないような刺々《とげとげ》しい声色で、航は先生を煽《あお》っていた。

「全面的に否定したいところですが、挑発に乗るつもりはありませんよ。教師として早急に然《しか》るべき対応を取るためにここにいるのですから」

「教師として、ねえ……俺はただ、好きな女の子を振り向かせたくてアプローチしてるだけっすよ。つまり、先生と俺ってやってること一緒じゃね？」

「私は衣笠《きぬがさ》くんみたいに上原さんを怖がらせていませんけど」

邪魔をされてただでさえイラついているのに、図星を突かれたからだろうか。航の顔が露骨に歪《ゆが》んだ。

「……噂《うわさ》以上に固くてつまんねえ先生だな。仕事の一環なんだろうけどさ、高校生同士の真剣交際を邪魔するとか生徒に嫌われるよ？」

「先生のことを悪く言うのはやめて」

反射的に咎《とが》めていた。あたしだって補習前までは先生のことを〝つまらない教師〟として認識してきたはずなのに、航が口にするのは不快で我慢できなかったのだ。あたしが先生を庇ったことが航は心底気に入らないようだった。体をわななかせて、たしに訴えかけてきた。

「なんで……なんで筧なんだよ！　俺と付き合うなら誰に何を言われることもない。手を繋いで堂々と外を歩ける。どこにだって行ける！　でも……筧が相手なら、人目を気にする。隠さないといけないことがたくさんある。後ろめたさがあるだろ！」

言われなくたってわかっている。その〝線〟を前に、あたしはずっとずっと葛藤している。覚悟を決められずにいるのだから。

「……勝手に、決めつけないでよ」

「メイサにそんな恋は似合わない。だから……俺を選んでほしい。絶対、後悔させない。大切にするから！」

普段は優しい人なのに。あたしと一緒にいると、航は思考も性格も表情も行動も、全部がおかしくなってしまう。

ごめんね航。こんなに好意を告げられているのに、それでもあたしは——あなたを選ばない。

「衣笠くんの話はどうでもいいです。ラブホテルの前で高校生が口論している現況を早く脱却したいので、移動しましょう」

　空気を読むことが苦手な先生の容赦のない言葉が、あたしと航の間に切なげに漂う今の雰囲気を破壊する。

　あたしは先生のこういうところに好感を抱いているけれど、先生を目の敵みたいに思っている航からしたら堪《た》え難《がた》い怒りになってしまうようだ。

　先生に詰め寄り、あたしが見たこともないような冷酷な目を向けた。

「……あのさあセンセー。俺がどこまで知ってるかわかっててそんな態度取ってんの？」

　低く脅すような航の口調にも、先生がたじろぐことはない。

「言いたいことがあるなら、ハッキリどうぞ」

「これ以上俺とメイサの邪魔をするなら、あんたが夜に生徒を車で連れ回した変態教師だって言いふらすからな」

　その脅し文句は、先生には使ってほしくなかった。

　先生はもうあたしを車に乗せてくれなくなる。家に入れてくれなくなる。……完全にあたしと、距離を置くようになるのだろう。

　だって先生は、教師という仕事に責任と向上心を持って就いている。あたしひとりのために、諦められるはずがない。

だけど、航の脅しに先生は顔色一つ変えなかった。

「お好きにどうぞ。衣笠くんがそうしたいのなら、私は別に止めませんよ」

航は目に見えて驚いているというか、動揺しているようにも見えた。

だけどそれはあたしも同じだった。

「せ、先生は……教師を続けられなくなってもいいの？」

あたしの問いに先生は表情を崩すこともなく、あくまでそれが当然であるかのように抑揚のない声で答えた。

「生徒ひとりも守れないのに教師を名乗るなんてことは、どちらにせよできませんから」

――あ、ヤバい。

体の中の血液が全部沸き立って、細胞の一つひとつが色めき立って、自分では抑えられない感情が込み上げてくることを本能で察した。

あたしは今、もうどうしようもないほどに、心を動かされてしまった。

一見、教師という仕事を淡々とこなしているだけに見えるのに。

先生が持っている覚悟はあたしが思っているよりもずっと強くて、自分の気持ちにすら覚悟が持てずにいるあたしとは正反対だった。

先生、勇気を出すことを、この気持ちの正体を、教えてくれてありがとう。

ねえ、先生。……あたし、決めたから。

呆然《ぼうぜん》としていた航はハッとしてから、悪態をついてみせた。

「……そうかよ。そんなにメイサのことが大事かよ」

「大事ですよ。生徒ですから。もちろん、衣笠くんのことも」

何をしても何を言っても徹頭徹尾態度を変えない先生についに折れたのか、航は眉間に皺《しわ》を寄せて大きな息を吐き、あたしの方を見た。

「……いいのか？　俺の数百倍は苦労すると思うけど」

「いいの。あたしが望んだことだから」

たぶん先生は、あたしと航のやり取りを理解できないと思う。

でも、それでいい。察しのいい先生なんて、あたしの知ってる先生じゃない。

「メイサには幸せになってほしいと思ってる。嘘偽《うそ》りのない俺の本心だ」

「ありがとう。あたしも航に、あたし以外の良い子を好きになってほしいと思ってるよ」

「でも、俺は応援しないからな」

「うん。あたしひとりで頑張るつもり」

「……俺はどんなに頑張っても、メイサに好きになってもらえなかった。……恋愛って自分ひとりの努力じゃどうにもならないってことを、メイサも思い知るといいよ」

そう言って航はあたしと先生に背を向けて、去って行った。

「……なんとか、説得できたみたいでよかったです。上原さん、ケガはないですか？」

氷を溶かすかのように、先生の声はあたしの張り詰めていた緊張だとか航への恐怖心を、ゆっくりと和らげていった。

ずっと抱えてきた航との問題がようやく終わったことに対する安堵《あんど》で、あたしはもう膝から崩れ落ちそうになる寸前だった。

だけど先生の前では気丈に振る舞った。もうこれ以上、心配も迷惑もかけたくなかったからだ。

口角を上げて、目尻を下げて……あとは、明るい声を出すだけだ。

「来てくれてありがとね、先生。ほんと助かった」

いつもの上原メイサとしての対応が、完璧にできたはずだった。それなのに先生は、あたしの顔を覗《のぞ》き込むようにして近づき、優しい声で告げるのだ。

「無理に笑わないでください」

先生は無理やり笑顔を作ったせいで硬くなったあたしの頰に、そっと触れた。

そしてその指で、いつの間にか震えていたあたしの唇に触れて、優しくなぞった。

「これでも一応、大人なので。……怖かったですよね。もう、大丈夫ですよ」

壊れる、と思った。

心の中でいろんなものを留《とど》めてきた蓋っていうか、防波堤っていうか、そういうのが全部全部、先生に触れられた箇所から融《と》けていくようだった。

抑えきれない。堪えられない。

それらは涙というわかりやすい現象になって、あたしの瞳から零《こぼ》れていく。

「……先生、あたしね……！」

溢《あふ》れたのは涙だけじゃなかった。

瞬《まばた》き一つですら愛《いと》おしいと思えるような、
声を聞くだけで鼓動の音が大きくなるような、
想《おも》うだけで心がきゅっとなるような、
触れられただけで幸せになれる、この気持ちの正体は——

自分ひとりではどうしようもできない、与えられる感情。

確信に近かったモノが、明確な輪郭を持ってその存在を主張する。

初めて抱く気持ちに喜ぶ心臓と、目の前のその人に、まずは報告を済ませよう。

――先生。あたし、恋をしているみたいだよ。

あたし、ようやく知れたんだよ。他の誰でもない、先生のおかげで。

☆

あたしを心配してくれた先生は、車で家まで送ってくれると言ってくれた。

「どうぞ乗ってください。シートベルトはしましたか？」

「うん、大丈夫。ありがとう先生、お願いします」

音楽の流れない車は走り出し、あたしと先生のふたりだけの空間を作り出す。

車内はなんだか懐《なつ》かしい匂いがして、自然にあの夏の夜が思い出された。匂いと記憶は直結するって本当みたいだ。

「……先生はさ、どうしてあたしがピンチだってわかったの？　愛の力？」

茶化しながら聞いてみると、先生はふっと笑った。

「私というか、佐々木《ささき》さんの愛の力だと思いますよ」

「え？　なんで涼香《すずか》？」

「職員室に佐々木さんがやって来たんです。そこで、衣笠《きぬがさ》くんと復縁してからの上原《うえはら》さんの様子が変だけど何か知っていることはないか？　と聞かれました」

……驚いた。涼香が放課後になってもすぐに帰らなかった理由は、先生のところに行くためだったのか。

「心当たりはなかったのですが、もし衣笠くんが私と上原さんの学校外でのやり取りを知っているならば、上原さんは私との関係を脅されて交際している可能性もあるのではと思ったのです。……上原さんはわりと私のことを慕ってくれている生徒だと思っていたので、二週間近くも話しかけられない状態が続けば違和感くらい覚えます」

「……もしかして先生、最近あたしが話しかけてこないなーって、気にしてたってこと？」

「……まあ、そうなりますね。ですから、何かあったのではないかと考えるくらいは普通でしょう」

車内は暗いし、先生は運転中だ。バレないだろうと高を括《くく》って存分にニヤけた。

「佐々木さんが位置共有アプリを使って、上原さんが大宮のファミレスにいることを確認してくれて。上原さんを探すために学校を出たあとは、佐々木さんから都度連絡がきていたのでスムーズにあなたの居場所を特定できました」

「え⁉　じゃあ先生、涼香と連絡先を交換したってこと⁉」

「はい。教師としては良くないとわかってはいますが、緊急事態でしたので」

「そういう問題じゃない！　あたしは最初断られたのに！　ようやく教えてもらえたのに！　不公平じゃん！」

唇を尖《とが》らせるあたしに、先生は宥《なだ》めるように言う。

「拗《す》ねないでください。佐々木さんのおかげで上原さんを助けられたのですから」

ふとスマホを見てみると、涼香からメッセージが届いていた。

『筧《かけい》先生から事情は聞いたよ。今日はゆっくり休んでね』

……心配をかけてしまった親友にはあとでちゃんと謝って、話をしようと思った。

涼香はずっと前からあたしの先生に対する気持ちに勘づいていた。だからあたしに先生と向き合う時間をくれたのだと思う。そうじゃなかったら、航《わたる》とのいざこざを察した時点で涼香は自ら乗り込んできているはずだし。

「……先生、髪の毛ボサボサになっちゃったね」

「久々に全力で走ったので。少しは運動しないといけませんね」

汗はもう引いてしまったみたいだけれど、いつもキッチリと一つにまとめてある黒髪が乱れている様子がうれしかった。それを口にするのは失礼だろうから言わないけれど、頬が緩むのは止められない。

「先生、あたしのために頑張ってくれたんだ？」

「生徒の一大事でしたから」

「……ほんと、ありがとう先生。あたし、もう大丈夫だから」

すでに覚悟を決めているからだろうか。

心臓はずっと大きな音を鳴らして喉だって渇いているのに、その言葉はごく自然に、口を衝《つ》いて出た。

「先生。あたし、恋する気持ちがわかっちゃった」

先生の瞳が、少しだけ見開かれたように見えた。

「そうですか。おめでとうございます」

赤信号に引っかかった車が止まる。車通りの少ないT字路で、時が止まっているかのような錯覚に陥る。

この人は今から自分が告白されるって、予想していないのだろうか。

何もわかっていなさそうな鈍感さも、あたしが誰に好意を抱いていても執着のなさそうな熱のなさも、自分の魅力に全く気づいていない無頓着さも、全部、全部——


「好き。あたし先生のことが、大好き」


たった一言で、今まであたしと先生の間に漂っていた空気が一新されたことを実感した。

もう戻れないのだ。仲のいい教師と生徒でしかなかった一分前には、もう。

だけど後悔はない。これが恋の力ってやつだろうか。それとも、あたしが特殊だという可能性もあるのだろうか。これから先、どんどん変わっていくであろうあたしたちの関係を考えるだけで、期待で胸が躍るのだ。

先生の表情は、いつもと変わらなかった。赤だった信号は青に変わり、車はスピードに乗っていく。

全然動揺しているようには見えないということは、あたしの告白に少しも心を揺さぶられたりなんかしていないのだろう。

「その気持ちは……若さゆえの勘違いだと、思います」

「あたしの気持ちだよ？　先生に決めつけられたくない」

「……上原さんは私の生徒で、私は上原さんの教師です。それ以外の関係になろうとは思いません」

予想通り、あっさりと振られてしまった。だけど先生の返事なんて最初からわかりきっていたことだし、凹《へこ》む理由なんてない。

「教師と生徒だからダメってことは、女同士はダメっていう理由にならないってこと？」

「……そう、ですね」

先生は否定も肯定もせず言葉を濁した。多様性が掲げられている社会だし、きっと教師という立場上、生徒の前では露骨に差別的な発言をすることはできないのだろう。

元々、先生がどう答えたとしても、この気持ちを諦めるつもりはなかったけれど。

「恋愛って自由だもんね？　だったら、あたしが先生を好きでいるのも自由でしょ？　好きになってもらえるように頑張るから」

微塵《みじん》も落ち込む様子のないあたしを見て、気を遣っていたのかずっと真摯な態度で接してくれていた先生は、座席に少し体を預けて小さく息を吐いた。

「……確かに私に、気持ちを強制する権利はないですね」

「でしょ？　だから、あたしはあたしで好き勝手に恋愛させてもらうね」

「そうですか……」

先生は別にズレていない眼鏡をクイッと上げる仕草を見せた。ようやくわかりやすく動揺してくれた。かわいいなと思う。

好きって自覚して、言葉として体から離れて先生に届いた瞬間に、止まらなくなってしまった。恋が人を変えてしまうことが怖いってずっと思ってきたけれど、蝶《ちょう》が蛹《さなぎ》に戻れないみたいに、もうあたしは恋を知らない自分には戻れない。

思っていたより気分は悪くない。

あとはもう突っ走るだけ——先生があたしを、好きになってくれるまで。

「だからさ、先生も早くあたしのこと好きになってよ」

目を見つめて、愚直に気持ちをぶつけることしかできない初心者というより幼児みたいなあたしの恋愛を、先生はどう思っているだろう。

先生は淡々と、授業中と同じトーンで口にした。

「人の気持ちを強制する権利はない……と、つい先程私に言わせたのは上原さんじゃないですか」

「でも、好きになってほしいって思う気持ちだって自由だし」

そうやってアピールを続けていると、やがて家の前に着いて車が停《と》まった。ハザードランプを点けた先生は、今日はゆっくり休んでみたいなことを言っている。

それから、あたしに諭すように告げた。

「……私が上原さんを選ぶことはないですよ。あなたの貴重な時間をどうか無駄にしないでください」

「いいよ、今はそれでも。だけど必ず、あたしは先生を振り向かせてみせるから」

体の中から溢《あふ》れて止まらないこの気持ちを、余すことなく伝えたい。どうか受け止めてほしい。どうか、受け入れてほしい。

そう思ったあたしは、自然と先生の手を取っていた。細い指をきゅっと包んでも、先生は驚かない。その大きな瞳にあたしを映しているだけだ。

どれだけ言葉で拒否されていても、先生があたしの手を振り払わないことに一縷《いちる》の望みをかける。

あたしのことが心底嫌なら……こんな風に、手を握られたまま車中ふたりきりの状況下に堪えられるはずがないと思うから。

先生は、じっとあたしを見ている。この虹彩《こうさい》の薄い大きな瞳に、本当の意味であたしを映すための戦いが今、始まろうとしているのだ。

「先生が今でも初恋の人が好きなのは知ってるよ。でも、いいの。あたしのことを好きになってもらうために、これからは超積極的にアピールしていくから、よろしくね！」

笑顔で宣言したあたしは、家まで送ってくれたお礼を告げて車から降りた。

告白して興奮しているのかあたしの体温はかなり高くなっていたみたいで、冷房の効いていた車内から外に出てもさほど気温差を感じなかった。

「上原さん」

その声に、ドアを閉めようとしたあたしの手は止まる。

目と目が合っているのに何も言わないわずかな時間を経て、先生の唇はゆっくりと開かれた。

「……おやすみなさい。繰り返しになりますが、今日はゆっくり休んでくださいね」

「おやすみなさい、先生。また学校で」

別《わか》れ際《ぎわ》まで教師としての言葉を残す先生の口から、絶対に好きって言わせてみせると誓った。

先生の車が見えなくなってから、星に向かってグッと背伸びをしてみた。

生まれたばかりのあたしの初恋が、夏の夜空に吸い込まれていく。

もちろん、消えてなくなるって意味じゃない。どちらかというと、星座になって後世に語り継がれたいくらいの浮かれ具合だ。

だけど先生はそういう派手な恋は嫌いそうだから……ゆっくりで、ささやかで、だけどお互いを尊重できて、思いやれるような——そんな恋人同士になれますように。

……星に願うとか、あたし、こんなキャラじゃなかったのに。全部、先生のせいだ。

さて、涼香《すずか》には何から話せばいいのかな。……いや、開口一番に伝えることなんて、一つしかないか。

——ねえ、聞いて。あたし、好きな人できた。

初めて自分から語ろうと思った、女子高生らしい、独りよがりの恋バナを。

☆

「なんでここの『たり』は存続の意味になるの？」

「その後の文まで読んでください。『〜している』と訳せる『たり』は、完了ではなく存続です」

誰もいない放課後の第二選択教室で、あたしは先生に勉強を教わっていた。

補習を受けるって決まった日はあんなに憂鬱だったのに、今やあたしは自分から先生のところに行って授業でわからなかったところを聞くような、真面目な生徒なのだ。

……というのは嘘《うそ》で、勉強はただの口実に過ぎない。あたしはただ、先生に会いたいだけなのだ。

あれから一ヶ月。十月になってブレザーを着る季節になっても、航《わたる》はスマホに入れていたあの写真を誰にも見せず、あたしと先生の噂《うわさ》を流すこともなかった。

応援しないとか言っておきながら、航は本来の彼らしい誠実さであたしの背中を押してくれた。だからあたしは今日も、生徒として堂々と先生に会うことができるのだ。

「先生はもっとオシャレしたらいいのに。素材がいいのにもったいないよ」

「私にはファッションセンスも興味もありませんので。スティーブン・ジョセフだって同じ服なのが個性になっていたじゃないですか」

「でも先生の服ってなんていうか量産型って感じで、無個性なんだよね」

「……難しすぎますね。私にはとても違いを理解できそうにありません」

机の上に置かれた電源を切ったタブレットと、どうでもいい話。先生と仲良くなるきっかけになった補習のときとシチュエーションは一緒だ。

教師と生徒っていう関係も、歳《とし》の差だって当たり前だけど変わらない。

――変わったのは、あたしの先生に対する気持ちだけ。

「ね、先生。今度デートしようよ。あたしが先生の服選んであげる♡」

「今日も懲りないですね。上原《うえはら》さんが生徒で私が教師である以上、私たちの関係が変わることはありません」

「なんで断言できるの？　やってみないとわかんなくない？」

先生はあたしに聞こえるように、溜息《ためいき》を吐《つ》いた。

「つい最近まで人を好きになることに臆病だったのに、恋は人を変えるのですね」

「つまり、先生があたしを変えたんだよ」

毎日先生に好きって伝えたい。早くあたしのことを好きになってほしい。

先生とふたりになるたびに気持ちを伝えているから、そろそろ先生もあたしにキスとかしたくなってくるんじゃないかなって思ってるんだけど、先生は毎日淡々と事務作業のように拒否してくるだけ。

あたしに好きの気持ちを教えてくれた先生は、教師らしからぬ無責任さで、あたしの初恋をなかったことにしようとしてくるのだ。

意見は平行線でも、視線は交錯する。

ああ、こうやって見つめているだけで相手を恋に落とせたらいいのに。

「……上原さん。私は……」

先生の唇がわずかに開かれた、その瞬間——聞き慣れた無機質なチャイムが鳴った。

急に現実世界に引き戻される感覚に、夕陽《ゆうひ》が差し込む教室の中の先生の輪郭に、どうしようもなく切なさを覚える。

「先生、今……」

「……もうこんな時間ですか、生徒は下校時刻ですよ。また、明日」

「あ、うん。また明日ね、先生」

何事もなかったかのようにそう言って、先生は授業が終わったときと同じようにさっと教室から出て行ってしまった。

チャイムという外的要因に邪魔されてしまったことに落胆しつつも、それを上回る喜びを隠し切れずにあたしの頬は緩んだ。

「……また明日、だって」

先生は気づいていないのだろうか。明日、ウチのクラスで先生の授業はない。

ということは、明日もあたしが放課後に会いに来るって思っているんでしょ？　「自意識過剰だね」って言ってやりたいけど、からかうとまたガードが堅くなりそうだからやめとこう。実際、会いに行くつもり満々だし。

先生のせいで熱を帯びている頬に触れ、小さく息を吐いた。

先生の気持ちは先生のものだけど、やっぱり、我儘《わがまま》なあたしはどうしても願わずにはいられない。

ねえ、先生。あたしのこと、好きになってよ。

幕間《まくあい》　ふたりがクラスメイトだったなら

先生とあたしは教師と生徒で、七つ歳の差があって、同性で。

それが大前提としてあったうえで、あたしは恋をしている。不満なんて何もない。あたしがやるべきことはただ一つ。この想《おも》いを真《ま》っ直《す》ぐに、先生に伝え続けていくだけだ。

だけど、それらの前提が一つでも違っていたら、あたしと先生はどうなっていただろう。

あたしは先生のことを変わらず好きになるのだろうか？　いつも「教師として」という断り文句を使う先生は、あたしの気持ちを受け入れてくれるのだろうか？

……なんて、ありえない妄想をしたことがないと言ったら嘘になる。


ある日——あたしの恋を知っている親友の涼香が突然、切り出した。

「もしメイサと筧《かけい》先生がクラスメイトだったらさ、どんな恋をしてたんだろ」

「え……どうだろ？　考えてみたことはあるけれど、考えたってどうしようもないし、具体的な想像まではしたことないかも」

あたしの返事を聞いた涼香は、白い歯を見せた。なんだろう。悪戯《いたずら》を思いついた子どものような顔をしている。

「じゃあわたしが、『メイサと筧先生がクラスメイトだったバージョン』のストーリーを考えてあげる！　たとえばさー……」

★

二日間に亘《わた》って開催された文化祭が終わり、クラス全員で打ち上げに行くことになった。

「打ち上げ場所と時間は送っといたから確認しといてー。自分たちのタイミングで移動しといてねー」

実行委員が皆に声をかけると、教室のあちこちから了解の声が上がると同時に、少しずつ教室から人数が減っていく。先に打ち上げ場所に向かうクラスメイトたちを見送りながら、あたしは職員室に行った涼香が戻ってくるのを自席で待っていた。

今この教室のなかで、椅子に座っているのはあたしを含めてふたりしかいない。あたしはちらりと、彼女の座る窓際《まどぎわ》の一番前の席に視線を送る。

肌が白くて眼鏡をかけていて、黒髪をいつも一つに括《くく》っている筧莉緒《りお》さん。ものすごく頭がいいみたいだけど、友達と一緒にいる姿を見たことがない。休み時間はいつもひとりで本を読んでいる大人しい人……という印象だった。

誰かに「地味で存在感がない」って陰口を言われているのを聞いてしまったことがあるけれど、所作が綺麗《きれい》な彼女をあたしはつい目で追っていることが多かった。

……っていうか。クラスのグループアインに筧さんって入っていたっけ？　あたしはスマホを確認する。……やっぱり、彼女はメンバーにいないっぽい。

あたしは立ち上がり、筧さんに声をかけた。

「ねえ、筧さんは打ち上げ行く？　駅前のカラオケなんだけど」

文庫本から顔を上げた筧さんと目が合った。メイクは一切していないっぽいのに、端整な顔立ちをしていると思う。

「行かない」

予想通りの返答だった。彼女はこういう任意の行事に対して、顔を出したことがなかったからだ。あたしも含めて、皆もそれが当たり前だと思っているところがある。

「なんで？」

「私がいてもつまらないでしょう。場を白けさせたくない」

理由の方は意外だった。皆でワイワイやることに興味がないとか、クラスメイトに一線を引いているから参加しないものだと思っていたけれど。自分のせいで空気が悪くなることを気にするタイプの人だったのか。

「別にそんなこと思わないけど」

「上原さんがそう言っても、他の皆はどう思うかわからない」

表情一つ変えないまままそう言い切る筧さんの意思は固そうだった。

「そうかなー……でも、無理させるつもりもないから。気が向いたら来てね」

できるだけ気を遣わせないように言うと、筧さんは「ありがとう」と告げて読んでいた本に視線を戻した。皆が一斉に昇降口に移動しているし、誰もいなくなった後にそっと帰るつもりなのだろう。

「メイサお待たせー！　行こー！」

涼香《すずか》が戻ってきたので一緒に教室を出て、廊下を歩く。文化祭は盛り上がったし、大勢で遊ぶのも久しぶりだし、カラオケも嫌いじゃないし、楽しみ……なはずなのに、なんであたしはこんなに胸に引っかかりを覚えているのだろう。

「メイサ、どうしたの？」

「んー……筧さんも来たらいいのにって思ってさ。文化祭の準備、淡々とだけどめっちゃやってくれたじゃん？」

それなのに「私がいてもつまらないでしょう」だなんて、なんか……モヤモヤする。

「寛さんっていつもあんな感じじゃん？　気にしなくていいと思うよ」

「わかってる。ただ、あたしが気になるだけ」

「……ねえ。それって、恋なんじゃない？」

「まさか、そんなわけないじゃん」

そう断言するのは間違いかもしれない。だってあたしには、恋愛感情というものがよくわかっていないからだ。

ただ間違いなく言えるのは――今までの元カレには、こんな気持ちを抱いたことはない。

「行ってきたら？」

考え込んでいたあたしがハッと顔を向けると、涼香は笑った。

「寛さんのところ、行ってきなよ」

「えっ……でも、皆待ってると思うし」

「いいじゃん、せっかくの文化祭《おまつり》なんだから。いつもと違うことしてみようよ。ほら、急いで！　寛さん帰っちゃう前に！」

涼香に背中を押される形で、あたしは踵《きびす》を返すことにした。

★

筧さんはあたしが教室を出るときと全く同じ姿勢のまま、本を読んでいた。あたしは少し緊張しながら、息を吸った。

「筧さん」

声をかけると、筧さんの目はわずかに見開かれた。

「……上原《うえはら》さん？　どうして戻ってきたの？」

至極真っ当な質問だ。適当な嘘《うそ》を吐《つ》いて誤魔化そうと思っていたけれど、

「あ、えっと……筧さんと少し、話したいと思ったから」

彼女の顔を見たら、正直な気持ちを言いたくなった。

「そう」

表情が読み取りにくい筧さんからは、迷惑だと思われているのか鬱陶しいと思われているのか、わからない。だけど話したいからという理由で戻ってきた手前、何か話題を振らなければ。

「文化祭、楽しかったよね。ウチのクラスのたこ焼き、売上一位だったし！」

「うん」

ようやく、筧さんは持っていた文庫本を閉じた。あたしとの雑談に応じてくれるようだ。うれしくなったあたしは、彼女の隣の席に座った。

「っていうか筧さん、たこ焼きひっくり返すの超上手《うま》かったよね⁉ 実は関西の人だったりするの？」

「たこ焼き作るのが上手かったら関西人って……すごい偏見だね」

そう言って筧さんは、普段の能面からは想像もつかないほど可愛《かわい》らしく微笑《ほほえ》んだ。なんだ。真面目すぎるって敬遠されているところあるけど、普通の子じゃん。

「あはは、そうだよね。でもホントに上手だったよ。あ、今度ウチでタコパする？ 涼香も誘ってさ。ねえ、連絡先教えてよ。筧さん、クラスのグループアインにも入ってないでしょ？」

あたしが自分から相手の連絡先を聞こうとしたのって、何気に初めてかもしれない。

「……いいよ。だけど……」

スマホを持つあたしの手首を摑《つか》んだ筧さんの行動と、その綺麗な顔を見て、不覚にもドキッとさせられた。

「聞いてもいい？ どうして、私と話したいと思ったの？」

「……あたしにもよく、わかんない。でも、なんか……筧さんのことが気になって仕方がないっていうか……」

簡単そうな問いかけなのに、上手く言語化ができない。筧さんの静かで無垢《むく》な瞳に見つめられると、体が熱くなって、鼓動が速くなる気がする。

筧さんは小首を傾《かし》げた。

「それってつまり、上原さんは私に好意を抱いているということ？」

「す、好きってわけじゃない！　あ、ごめん、違う。クラスメイトとしては、もちろん嫌いじゃないけども！」

過剰に否定してしまったせいで焦《あせ》る。「好き」も「嫌い」も、筧さんには変に誤解されたくない。変な風に受け取られてしまったら困るのだ。

「私は、恋愛感情だと思っていたけれど。違う？」

まだ続く筧さんの直球な質問が、あたしを追い詰めていく。

「……そ、そんなの、わかんないよ……」

本心だ。それ以上答えようがないほどに。だってあたしは今まで、本気で誰かを好きになったことがない。どういう感情が〝恋愛〟なのか、自分でもよくわかっていないから。

だけど、今……クラスメイトで、年齢が一緒で、だけど、同性。

そんな彼女に対して、今までに経験したことのない胸の高鳴りを覚えている。

寛《かけい》さんは立ち上がった。そしてあたしに近づいてきて、頰に右手を添えてきた。

「か、寛さん……？」

「上原さんは私のことが好きなのだと思う」

顔が近い。心臓がおかしくなってしまいそうで顔を背けようとすると、顎を持たれた。

「なんで目を逸《そ》らすの。私を見て」

「や、待って。ムリ。恥ずかしすぎて顔なんて見れないって……！」

「……わかった。じゃあ、いいよ」

あたしの顎を摑む手がふっと離れた。寛さんの気持ちまで離れてしまったようで怖くなったあたしが、慌てて声を発しようとした瞬間――

「顔は見なくて、いい」

グイっと手を引っ張られて、あたしは寛さんに背中を向けながら彼女の膝に乗る格好になっていた。慌てて腰を浮かそうとしたけれど、後ろから抱き締められて身動きが取れなかった。

「かっ……寛さんってこんな、強引な人だったっけ？」

混乱しつつも、動揺を悟られないように必死にいつものあたしを取り繕おうと必死にな

る。だけど、

「ちゃんと言葉で聞きたい。私のこと、好き？」

今までで一番近い場所から筧さんの声を聞いた瞬間、もう逃げられないし、逃げてはいけないと思った。

あたしは、覚悟を決めた。

「あ、あたしは……筧さんのことが、好き……」

言ってしまった。クラスメイトの女の子に、告白してしまった。

自分から「好き」と口にしたことなんて、生まれて初めてだった。

だけど、後悔なんてしていない。むしろ体の中から溢《あふ》れてくるこの感情を伝えずにはいられなかったとも思う。

筧さんに背を向けているあたしには、彼女の表情を見ることはできない。どんな顔をしているのだろう。気になるけれど、怖くて振り向くこともできなかった。

そのとき、あたしに手を回す筧さんの腕の力が強くなった。触れられた箇所が熱い。おそらく制服を通して、ダイレクトにあたしの鼓動は伝わっているだろう。

「……よくできました」

耳元で普段の筧さんからは想像もできない大人っぽい声色で囁《ささや》かれて、あたしは一気に

〝そういう気持ち〟にさせられる。

あたしは自分から腰を浮かせて、彼女と真正面から向き合えるように体勢を変える。再び筧さんの膝の上に座り直したあたしは、今度は間違いなく、彼女の顔を見逃さない格好になる。

そして同時に――これは、あたし自身の退路をも塞いだことになる。

間近で見て改めて再認識させられる端整な顔立ちから目を離せないまま、あたしは彼女が次に発するであろう言葉を待つ忠犬になる。

ふっと微笑んだ筧さんは、ついに口を開いた。

「私も、上原さんのことが――」

そのまま彼女の唇は、あたしのそれに重なり――

☆

「す、ストップ！　ちょっと涼香《すずか》⁉　途中からおかしい方向に進みすぎ！　妄想にも程があるでしょ⁉」

あまりにもツッコミどころ満載の恥ずかしいストーリーに堪えられなくなって、中断してしまった。

「そうかなー？　こんな感じだったんじゃないかなあ？」

「っていうか、先生のキャラ変わりすぎじゃない⁉　どこの少女漫画⁉」

いつもあたしの告白を淡々と流す先生しか見たことがないあたしにとって、涼香の妄想のなかの強引で自信家な先生はまるでキャラが違う。

……まあ、でも。あんな先生も……。

「そこまで嫌いじゃないでしょ？」

「………ありかも、とは思った」

ちゃっかり自分を「親友の恋路を理解してアシストする最高の脇役」ポジションに置いているひどい脚本家は、けらけらと笑っていた。

「くだらない話していたら、もうこんな時間じゃん」

放課後の教室には西陽《にしび》が差し込んでいる。クラスメイトたちはほとんど帰ってしまったけれど、この光景があたしは嫌いではなかった。

ううん。正しくは、「最近好きになった」が一番近い表現なのだと思う。あたしは鞄《かばん》を持って立ち上がった。

「もう行くの？」

「うん。ちょっと早いけど、先生に会いたくなっちゃったから」

今日は待ちわびていた、毎週金曜日の勉強会の日だ。たった数分の我慢すらできないあたしを笑って、涼香は手を上げた。

「いってらっしゃい、メイサ」

親友に手を振って、あたしは教室をあとにした。


ひとりで歩いていると、さっきの涼香の妄想を思い出してしまう。

そして、考える。もしあたしと先生がクラスメイトだったなら。

なんの気兼ねもなく連絡先が聞けるし、理由がなくとも放課後に教室に残って駄弁《だべ》ることができるし、周りの目を気にせずに一緒に帰ることもできるのだろう。それはとても素敵だと思うし、立場を理由に告白を受け入れてもらえないあたしにとっては、少しだけ優しい世界なのだろう。

だけど……あたしは。

クラスメイトの先生も、強引な先生も悪くないけれど。やっぱりあたしは、真面目で堅物で、どこまでも誠実で優しい、今の先生のことが好きなのだ。

だからあたしは何度生まれ変わっても、『教師』で、『七歳上』で、『女』の先生に恋をする。あたしの気持ちを受け入れてもらえるまで、伝え続けるのだ。

逸《はや》る気持ちを抑えながら、廊下は走らず、階段を上って——見えてきたのは、第二選択教室だ。そこではあたしの好きな人が、背筋を伸ばして教壇の上で待っている。

——早く、会いたい。

あたしをこんな気持ちにさせるのは、世界中でただひとり、先生しかいない。

「先生」

教室に入って声をかけると、愛《いと》しくてたまらないその人の瞳があたしに向けられる。

その瞬間……今日もこの場所に、あたしの想《おも》いは積み重なっていくのだ。

それはまるで音もなく静かに、だけど確かに美しくつもる、純白の雪のように。

あとがき

「好きになったひとが、あなただっただけ」

　今回、お届けした物語のテーマの一つです。

　同性同士の恋愛ゆえに起こりうる困難や葛藤も出てはきますが、それらをメインとした物語にはしたくありませんでした。女性ふたりの恋愛観と関係性の変化を楽しんでいただける、どこにでもあるありふれた恋愛小説を書きたかったのです。

　ゆえに、莉緒《りお》はメイサが同性だからというよりも、教師という立場で生徒からアプローチを受けていることのほうが心労の比重は大きいのです。そして年齢や結婚、いつの時代も普遍的なことでも悩んでいます。

　もうひとりの主人公であるメイサも初めての恋に猪突《ちょとつ》猛進気味ではありますが、思春期の一言では片付けられない不安定な感情を抱えていたりしますし、これから眠れぬ夜を迎えることも増えるのでしょう。初恋って美化されがちではありますが、綺麗《きれい》なだけではないので。

この本を読み終わった皆さまが莉緒に共感してくださったり、あるいはご自身の初恋を思い出して甘酸《あまず》っぱい気持ちになったり黒歴史に叫び出すなかで、不器用なふたりを応援したいと思っていただけたのであれば、とてもうれしく思います。

ここからは謝辞を述べさせていただきます。

担当編集さま。いつも大変お世話になっております。バレーボールに喩《たと》えるならば、敏腕セッターのような方だなと思っております。「まだいけるでしょ」とめちゃくちゃ高いトスを上げられてきましたが、必死に跳び続けてきた結果、胸を張って皆さまにお届けできる物語に仕上がったと自負しております。たくさんのお力をお貸しくださり、ありがとうございました。

雪子《ゆきこ》先生。

本作のイラストは雪子先生以外には考えられないと思っておりました。ご多忙のなか引き受けてくださったこと、そして『甘く切ない恋愛百合《ゆり》小説』というキャッチコピーを素晴らしいイラストで体現してくださったことに、心より感謝を申し上げます。

そして、この本をお手に取ってくださった読者の皆さま。

いつもありがとうございます。あなたのおかげで今日も私は小説を書き続けていられます。そんな大切なあなたの日常に少しでも「面白かった」だとか「続きが読みたい」といった活力をその胸に灯《とも》せることができたなら、作家としてこのうえない幸せでございます。

本作はカクヨムネクストさまにて連載しております。

彼女たちの物語は結末まで書くつもりでございますので、引き続き応援をいただけますと大変励みになります。

ひとりでも多くの方にふたりの恋を見守っていただけますようにと、願いを込めて。

日日綴郎《ひびつづろう》

お便りはこちらまで

〒一〇二―八一七七
ファンタジア文庫編集部気付
日日綴郎（様）宛
雪子（様）宛

富士見ファンタジア文庫

放課後《ほうかご》の教室《きょうしつ》に、恋《こい》はつもる。

令和6年9月20日　初版発行

著者——日日綴郎《ひびつづろう》

発行者——山下直久

発　行——株式会社KADOKAWA
〒102-8177
東京都千代田区富士見2-13-3
0570-002-301（ナビダイヤル）

印刷所——株式会社暁印刷

製本所——本間製本株式会社

ISBN978-4-04-075494-9 C0193　◇◇◇

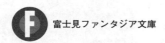

ファンタジア文庫

週に一度クラスメイトを買う話

～ふたりの時間、言い訳の五千円～

羽田宇佐《はねだ・うさ》　イラスト／U35《うみこ》

USA HANEDA

切り拓け！キミだけの王道
ファンタジア大賞
原稿募集中！
賞金
《大賞》300万円
《金賞》50万円
《銀賞》30万円
選考委員
細音啓「キミと僕の最後の戦場、あるいは世界が始まる聖戦」
橘公司「デート・ア・ライブ」
羊太郎「ロクでなし魔術講師と禁忌教典《アカシックレコード》」
ファンタジア文庫編集長
前期締切 8月末日
後期締切 2月末日
公式サイトはこちら！ https://www.fantasiataisho.com/
イラスト／つなこ、猫鍋蒼、三嶋くろね